雪國

川端康成

目次

雪國 004
《雪國》後記 199

穿過縣界長長的隧道，就是雪國。夜空下方變得白茫茫。火車在號誌站停下。

女孩從對面座位起身，拉下島村前面的玻璃窗。雪地的冷空氣霎時流入。女孩將上半身探出窗口，朝遠方吶喊似的高呼，

「站長！站長！」

拎著燈緩緩踏雪而來的男人，把圍巾裹到鼻子上方，耳朵也罩著帽子的毛皮護耳。

島村暗忖已經那麼冷了嗎，向窗外一望，只見山腳冷清散落貌似鐵路局員工宿舍的簡陋組合屋，雪色尚未延伸到那邊就已被黑暗吞沒。

「站長，是我啊，您好。」

「噢，這不是葉子嗎。妳回來啦。又變冷了呢。」

「聽說我弟弟今後在您這邊工作。要靠您照顧了。」

「這種地方，他八成很快就寂寞得受不了。年紀輕輕怪可憐的。」

「他還是小孩子，要靠站長好好教導，拜託您了。」

「沒問題。他很有幹勁喔。接下來會變得很忙。去年下大雪，經常雪崩，弄得火車動彈不得，村子也忙著送吃的給乘客。」

「站長看起來穿得很厚實呢。我弟弟信上卻說，連背心都還穿不到。」

「我穿了四件。年輕人天氣一冷就拼命喝酒。結果都感冒了，一個個東倒西歪的全在那兒躺下了。」

站長說著朝宿舍那邊揮起手上的燈。

「我弟弟也喝酒嗎？」

「沒有。」

「站長已經要下班了？」

「我受傷了，得固定去看醫生。」

「哎喲。那可不得了。」

和服外面罩著外套的站長似乎不想繼續站在寒風中閒聊，已經轉身要

走了，

「那妳路上保重。」

「站長，請問我弟弟現在在嗎？」葉子說著，以目光在雪上搜尋，

「站長，請多照顧我弟弟，拜託。」

她的聲音優美得悽愴。高亢的聲調彷彿會從夜晚的雪地發出回聲。

即便火車啟動了，她也沒從窗口縮回身子。等火車追上走在軌道下方的站長後，

「站長，請轉告我弟弟，叫他下次放假回家一趟。」

「好。」站長揚聲說。

葉子關上窗，雙手捂著發紅的臉頰。

這是配備三輛除雪車嚴陣以待雪季的縣界山區。隧道南北兩頭有通電的雪崩警報線。除了多達五千名除雪工人還有消防隊青年團兩千人也已整裝待命。

得知葉子這個女孩的弟弟，今年冬天開始在即將那樣被大雪掩埋的號

誌站工作後，島村對她更感興趣了。

不過，這裡稱她「女孩」，只是因為在島村眼中看來如此。同行的男人究竟是她什麼人，島村當然無從得知。兩人的動作雖然看似夫婦，但男人顯然是病人。面對病人時往往會放下男女大防，格外勤快地照顧對方，自然會看似夫婦。實際上她安慰比自己年長的男人時那種小媽媽的作風，遠看大概的確會以為他們是夫婦。

島村只是把她一人區隔出來觀察，根據她外表的感覺，一廂情願認定她還是未婚女子。不過，那或許是他用奇妙的眼光盯著她看太久的結果，八成添加了他個人的感傷。

那是三個小時前的事了，當時島村閒著無聊把左手食指動來動去打量，到頭來好像只有這根手指還鮮活記得自己正要去見的女人，越急著想清楚回憶，就越是無從捉摸逐漸模糊的朦朧記憶中，好像只有這根手指迄今仍被女人的觸感濡濕，努力要把自己帶往遠方的女人身邊，令他在不可思議的同時，也忍不住把手指湊到鼻尖嗅聞，但當他不經意用那根手指在玻璃窗上劃過，頓時清晰浮現女人的一隻眼。他差點失聲驚呼。可那只是因為他的心神飄向遠方，驀然回神才發現根本沒什麼，其實只是對面座位的女人倒影。窗外天色已暗，火車上又亮著燈，所以玻璃窗變成鏡面。只不過，車內暖氣讓玻璃完全被水蒸氣弄濕，所以在他伸指抹掉霧氣前本來沒有鏡面形成。

只映出女孩一隻眼反而顯得異樣美麗，但島村把臉湊近窗邊後，立刻裝出滿懷旅愁想看夕陽的模樣，用掌心抹拭玻璃。

女孩的上半身微傾，專心俯視躺在面前的男人。從她肩膀緊繃的模樣，可以看出她略顯嚴肅的雙眼眨也不眨的認真程度。男人枕著窗邊，屈起的雙腿放在女孩身旁。這是三等車廂。他們不是坐在島村旁邊，而是前一排對面的位子，因此躺臥的男人臉孔只有耳朵那塊映在鏡中。

女孩正好坐在島村的斜對面，本來可以把她看得很清楚，但他們上火車時，女孩那種冷若冰霜的美貌令他驚豔，不由得垂眼，頓時看到男人蠟黃的手緊抓著她的手，因此島村總覺得不好意思再看那邊。

鏡中男人的臉色平靜，彷彿只是看著女孩胸部就已心情安詳。雖然體力衰弱卻瀰漫甜美的和諧氛圍。男人枕著圍巾，圍巾搭在鼻下蒙住嘴，接著又向上包住臉頰，就像是一種包頭巾，但是圍巾時而鬆開，時而又蓋住鼻子。男人的眼睛將動未動時，女孩已用溫柔的動作替他理好了圍巾。兩人就這樣單純地一再重複同樣的動作，甚至令旁觀的島村都越看越煩躁。而蓋在男人腿部的外套下擺也不時鬆開垂落。女孩也總是立刻察覺，替他重新蓋好。這些動作非常自然。甚至讓人覺得兩人似乎會就此忘記距離，行至無止境的遠方。因此島村沒有目睹悲情的心酸，只覺是在冷眼旁觀夢境。或許因為那是發生在不可思議的鏡中。

鏡底流過暮景，換言之，映現的對象和鏡面本身，會像電影的疊影那樣晃動。登場人物和背景毫不相干。而且人物透明縹緲，風景是暮色的朦朧流動，兩者相互融合著描繪出超脫現實的象徵世界。尤其是女孩臉孔中央燃起山野間的燈火時，那種難以形容的絢美甚至令島村的心靈為之震顫。

遠山的天空仍有暮色殘照，因此透過玻璃窗看見的風景直到遠方仍未消失形貌。但那已失去色彩，使得無論行至何處都能看見的平凡山野更顯平凡，正因為沒有任何東西引人注目，反而隱然有股龐大的感情湧動。那當然是因為女孩的臉孔浮現其中。映在窗上鏡面的女孩輪廓周遭不斷有暮景流動，使得女孩的臉孔也彷彿透明。至於是否真的透明，由於臉孔背後不斷流逝的暮景令人錯覺是掠過臉孔表面，因此始終無法看清。

車廂內不算太亮，且玻璃畢竟不如真正的鏡子。它不會反射。因此島村看得入神時，漸漸忘了那是鏡子，只覺女孩浮現在暮景的流動中。

就在那時，她的臉上亮起了燈火。這面鏡子的影像沒有清晰到足以壓過窗外燈火。燈火也無法遮蓋影像。燈火就這樣在她臉上流過。卻未照亮她的臉。那是冰冷又遙遠的微光。當小巧的眼瞳周圍模糊亮起微光，亦即女孩的眼睛和燈火重疊的瞬間，她的眼睛是浮現在暮色浪潮之間妖異又美麗的夜光蟲。

葉子自然不可能察覺自己正被人這樣注視。她的注意力全放在病人身上，就算朝島村這邊轉頭，想必也看不見自己映在玻璃窗上的身影，更不會注意到正在眺望窗外的男人吧。

島村這樣長時間偷窺葉子卻忘了此舉很不禮貌，或許是因為被暮色鏡面的超現實力量迷住了。

所以即使在她呼喚站長，同樣展現某種過度認真的特質時，島村首先萌生的或許也是看戲似的好奇。

經過那個號誌站時，窗外天色已黑。看不見風景的流動後，鏡子也失去魅力。雖然仍舊映出葉子美麗的容顏，儘管她的動作溫柔，島村還是在她內心發現某種澄澈的冷漠，也就不想擦拭又開始蒙上霧氣的鏡面了。

然而半小時後，沒想到葉子二人竟和島村在同一個車站下車，他不禁回頭看，懷疑是否又會發生什麼牽涉到自己的事，但當他接觸到月臺的寒氣，頓時為自己在火車上的無禮舉動羞愧，於是頭也不回地走過火車頭。

男人抓著葉子的肩膀正要走下鐵軌時，這頭的站務員抬手阻止他們。

隨即從黑暗中出現長長的貨運列車遮住二人身影。

旅館派來車站拉客的領班，穿著消防隊員那樣厚重的雪衣，罩著耳朵，穿長筒膠鞋。佇立在候車室窗口眺望鐵軌那頭的女人，也是身裹藍色披風頭戴風帽。

火車上的暖意尚未消散，因此島村還沒感受到室外真正的寒冷，但這是他第一次見識雪國冬天，本地人的裝扮已經先嚇到他。

「真的冷到必須那樣穿著嗎？」

「是的，已經全副武裝準備過冬了。雪後放晴前的那一晚會特別冷。今晚這氣溫應該已降到零下了吧。」

「這樣是零下啊。」島村望著屋簷下可愛的冰柱，和旅館領班上了汽車。雪色讓家家戶戶低矮的屋頂顯得更矮，村子似乎安靜沉沒到底層。

「難怪不管摸到什麼都覺得冷度格外不同。」

「去年最冷的時候是零下二十幾度。」

「雪呢？」

「這個嘛，通常積雪兩米多，不過雪多的時候也會深達三、四米吧。」

「這才剛開始吧。」

「這才剛開始。這些積雪是前不久下了三十公分深，不過已經融化不少了。」

「也有融化的時候啊。」

「說不定幾時又要下大雪。」

時值十二月初。

島村本來感冒一直沒好，有點鼻塞，這時一下子暢通到腦芯，彷彿要洗去汗垢似的不停流鼻水。

「師傅家的女孩還在嗎？」

「嗯，還在還在。她剛剛就在車站，您沒看見嗎？她穿著深藍色披風。」

「那個就是她？——待會叫她來吧。」

「今晚嗎？」

「今晚。」

「師傅的兒子說要搭今天最後一班車回來，所以她去接人了。」

映照暮色的鏡面中被葉子照料的病人，正是島村來見的女人那家的兒子。

得知這點後，雖然感到某種東西掠過自己心頭，但對這個巧合，他並未感到有多麼奇怪。他倒認為不覺奇怪的自己才奇怪。

至於用手指記住的女人，和眼中亮著燈火的女人之間會有何關聯、將發生什麼，不知怎的島村彷彿能在心中一隅窺見。是因為自己尚未徹底從那暮色的鏡中清醒嗎？那暮色的流動，或許正是時光流動的象徵？他不由驀然如此呢喃。

滑雪季節前的溫泉旅館正是客人最少的時候，島村從室內浴池出來時，已是夜闌人靜。老舊的走廊隨著他每踩一步就震得玻璃門微響。在那漫長走廊盡頭的帳房轉角，一名女子亭亭佇立，任由大片裙擺在發出烏光的冰冷木頭地板上鋪展。

他看著那裙襬吃了一驚，暗忖女人終於做藝妓了嗎，但女人沒有朝他走來，身體也保持靜止的站姿沒有做出任何迎接的媚態，即便只是遠眺也能看出女人的正經，他連忙快步走去，但當他站在女人身旁也依然沉默。女人塗抹濃厚白粉的臉孔想擠出微笑，反而變得泫然欲泣，於是兩人不發一語朝房間走去。

發生那種關係後，他沒寫過信，也沒來見她，更未遵守承諾寄舞蹈書籍給她，在女人看來想必以為自己已被他一笑置之、拋諸腦後了。按理說島村必須先道歉或做出解釋，但在不看對方繼續走路時，她不僅沒有責怪他，甚至從她渾身上下都能感到對他的眷戀，因此他就更加覺得，無論說出什麼，那些話恐怕都只會顯得自己不真誠，就這樣陷入被她的情意震懾的甜蜜喜悅，直到來到樓梯口，

「這傢伙最記得妳喔。」他說著，突然將只伸出食指的左拳伸到她眼前。

「真的？」她握住他的手指不放，就這樣拉著手上樓去。

在暖桌前鬆手後，她頓時連脖子都紅了，為了掩飾羞澀，她慌忙又拉起他的手說，

「這隻手還記得我啊？」

「不是右手，是這隻。」他從女人的掌中抽出右手放到暖桌下，然後伸出左拳。女人若無其事說，

「對，我當然知道。」

她默默含笑，攤開島村的手掌，把自己的臉貼在那手心上。

「這隻手還記得我？」

「哇，好冰。第一次摸到這麼冰冷的頭髮。」

「東京還沒下雪嗎？」

「那時，妳雖然那樣說，但那果然是假話。要不然，誰會在年底跑來這麼冷的地方。」

那時——那是過了雪崩的危險期，已有滿眼新綠的登山季節。木通的嫩芽不久也將從餐桌上消失。

遊手好閒的島村當時自然而然也快變得玩世不恭，他覺得登山最能夠找回初心，因此經常獨自去登山，那晚也是。他走下位於縣界的群山，在睽違七天後來到溫泉村，命人叫藝妓來陪酒。沒想到當天慶祝道路施工完成，全村熱鬧得連繭倉兼戲院都用來宴客，因此十二、三名藝妓忙得分身乏術，不可能有藝妓過來，但是據說師傅家的女孩就算去宴會幫忙，也頂多表演兩三支舞就會回來，所以說不定可以來陪酒。在島村追問下，女服務生簡單向他解釋，教授三弦琴和舞蹈的師傅家那個女孩並非藝妓，但是有大型宴會時偶爾也會受託出席，當地沒有藝妓學徒，年紀大的藝妓又多半不願站起來跳舞，因此她頗受器重。雖然她很少單獨來旅館客人的房間陪酒，但也不算是道地的良家婦女。

島村也沒多想，只覺得這說法八成是唬人的，過了一小時，女服務生把人帶來後，島村這才驚訝地肅然坐正。女人拽住立刻想走的女服務生袖子，又讓女服務生坐下。

女人給人的印象不可思議地清潔。彷彿連腳趾背面的縫隙都很乾淨。島村甚至懷疑是因為自己才剛剛飽覽群山的初夏風光。

女人的穿著帶有藝妓風格，但是裙擺當然沒有像藝妓那樣長得拖地，柔軟的單衣也穿得規規矩矩。只有腰帶看起來特別昂貴，那反而讓她看起來更可憐。

趁著他們開始聊起山，女服務生就此離開，但女人連這村子周邊能看到的群山都說不出名稱，島村也不想喝酒，於是女人意外坦誠地說起自己原本就出生在這雪國，在東京下海陪酒後客人替她贖身從良，本來打算將來教授日本舞蹈來維持生計，沒想到才過一年半那人就死了。不過從那人死後直到今天的生活，恐怕才是她真正的身世遭遇，她卻不肯立刻吐露。她自稱十九歲。如果沒說謊，她這十九歲看起來倒像二十一、二歲，島村這時才找到放鬆的機會，開始聊起歌舞伎，沒想到女人比他還精通演員的表演風格和八卦消息。或許她早就渴求這樣的聊天對象，聊得起勁時，她逐漸流露煙花女子特有的風情，看起來也像很了解男人的企圖。不過島村打從一開始就認定對方是良家婦女，況且又已有一星期沒有和人好好說過話，對世間洋溢滿心溫情，因此他對女人首先感到的是友情。是登山的感傷影響到他對女人的態度。

女人翌日下午把泡澡的盥洗用具放在走廊外，順道來他房間玩。她還來不及坐下，他突然請她介紹藝妓。

「介紹藝妓幹嘛？」

「妳這是明知故問。」

「討厭。我做夢也沒想到你竟然會委託我這種事。」女人說著惱怒起身去窗邊，望著縣界的群山，漸漸羞紅了臉，

「這裡沒有那種人。」

「騙人。」

「是真的。」她說著，猛然轉身面對他，在窗臺坐下，

「這裡絕對不會強迫人。全憑藝妓自己決定。旅館也完全不會居中拉皮條。是真的喔。不信你可以叫個人來直接問問。」

「妳去幫我找找看嘛。」

「我幹嘛非得做那種事不可？」

「我認為我們是朋友。我想把妳當朋友，所以不會對妳出手。」

「那就是所謂的交朋友？」女人被他激得說出孩子氣的話，但之後又不屑地說，

「我真佩服你。居然好意思託我做這種事。」

「這又沒什麼大不了的。我在山上鍛鍊得很健康喔，就是腦子還不清醒。這樣即使是跟妳，也無法用坦蕩蕩的心態說話。」

女人垂下眼皮不吭氣了。如此一來，島村索性徹底暴露出男人的厚臉皮，但女人大概早已習慣懂事地配合。低垂的雙眼，或許是因為睫毛濃密，看起來溫暖又嫵媚。在島村的注視下，女人微微搖頭，又有點臉紅。

「請叫你喜歡的來。」

「所以我現在不就是在問妳嗎。我第一次來此地，根本不知道誰漂亮。」

「你還想找漂亮的？」

「年輕的最好。年輕人不管哪方面想必錯誤也少一點。最好不要太饒舌。要那種有點懵懂的，清純的。反正我想聊天時可以和妳聊。」

「我不會再來了。」

「別說傻話。」

「哎喲，我真的不來了啦。我來做什麼？」

「我就是想和妳維持君子之交，才不願對妳出手。」

「真受不了你。」

「如果有了那種關係，說不定明天就已不想再見到妳。也不會有興致和妳聊天了。我從山裡來到村落，正懷念人情味呢，所以我不會碰妳。別忘了，我只是個旅客。」

「是啊，這倒是真的。」

「就是啊。妳應該也會覺得，如果我和妳討厭的女人在一起，事後再跟我碰面會很噁心吧，如果是妳替我選的女人應該好一點。」

「我才不管你！」她說著，雖然賭氣地把臉往旁邊一扭卻還是說：

「但你說的也有道理啦。」

「如果我們發生了什麼就完了。會很無趣。絕對不可能長久。」

「對，的確大家都是這樣。我是在港口出生的。可這裡不是溫泉村嗎。」女人用意外坦率的口吻說，

「客人多半都是旅客。我雖然才初出茅廬，但也聽過形形色色的人這麼說，有時覺得有點喜歡，但是當時沒表白的人，反而會一直惦記。忘都忘不了。即使分開後好像也是如此。對方也是，會想起你或者寫信來的人，多半都是這種情形。」

女人從窗邊站起來，改在窗下的榻榻米溫婉坐下。神情就像是要回顧遙遠往昔，這才突然坐到島村身邊。

女人的聲音太有真情實感，反而讓島村心虛，覺得自己輕易就哄騙了

女人。

但他並未說謊。她好歹是良家婦女。他想要滿足慾望，犯不著向這女人尋求，也能毫無罪惡感地輕鬆解決。她太乾淨了。打從第一眼見到她，島村就已把那碼事和她區分開。

而且他那時正拿不定主意去哪裡避暑，正考慮帶家人來這個溫泉村。幸好女人是良家婦女，屆時可以讓她做妻子的好玩伴，說不定妻子還能跟她學學跳舞排遣無聊。他是真心這麼想。說是對女人感到友情，其實不過是有求於對方。

當然這裡想必也有那暮色鏡面的影響。島村不僅不願和如今身分曖昧的女人糾纏不清，或許也像看待暮色中映現火車玻璃窗的女人臉孔那樣，對她抱著非現實的看法。

他對西洋舞蹈的興趣亦是如此。島村是在東京的庶民老街長大的，從小就接觸歌舞伎戲劇，學生時代偏好傳統舞蹈和舞劇，他的個性向來是喜歡什麼就得徹底研究才甘心，因此他搜羅古老的文字紀錄，走訪各流派的舞蹈宗師，之後也結識了日本舞蹈界的新秀，甚至自己寫起研究和評論的文章。對於日本舞蹈的傳統日漸式微，以及人們自以為是的新嘗試，他當然也深感不滿，當他被刺激得認定今後只能靠自己實際投身運動，日本舞蹈界的青壯派也來拉攏他時，他卻突然轉向西洋舞蹈，再也不看日本舞蹈了。他轉而開始收集西洋舞蹈的書籍和照片，甚至千方百計從國外弄來海報和節目單。這絕對不只是出於對異國和未知世界的好奇。從中發現的嶄新喜悅，就在於他無法親眼看到西洋人的舞蹈。島村對日本人跳的西洋舞不屑一顧就是最好的證明。根據西方印刷品寫西洋舞蹈的文章簡直太輕鬆了。沒見過的舞蹈談論起來本就不現實，那才真的是紙上談兵，是天國之詩。他不是憑著美其名曰研究的任性想像去鑑賞舞蹈家鮮活肉體舞動的藝術，而是在鑑賞他根據西洋語言和照片浮現的舞動幻影，就像憧憬沒見過的愛情。而且由於他不時撰寫文章介紹西洋舞蹈，因此也被視為作家，他雖對此報以冷笑，但這多少也安慰了身為無業遊民的他。

這樣的他聊起日本舞蹈，竟讓女人更親近他了，可以說這些知識難得又在現實生活派上了用場，不過島村或許還是在不知不覺中，把女人當成西洋舞蹈看待。

所以，看到自己帶著淡淡旅愁的說詞似乎觸及女人生活的痛處，他才會有點心虛覺得騙了女人，

「這樣的話，下次我就算帶家人來時，也能坦然和妳一起玩。」

「是啊，這點我已經很清楚了。」女人沉聲微笑，有點藝妓作派地嬉笑表示，

「我也愛那樣，君子之交才能長久嘛。」

「所以妳去幫我叫女人。」

「現在？」

「嗯。」

「真傻眼。這種大白天怎麼好意思開口？」

「我不喜歡晚了撿別人挑剩的。」

「你還好意思說，你好像誤把這裡當成女人撈錢的溫泉鄉了。光看我們村子的樣子你還不明白嗎？」女人似乎很錯愕，語氣嚴肅地一再強調這裡找不到那種女人。島村不相信，女人就急了起來，但她還是退讓一步說，要不要答應那碼事是藝妓的自由，不過，如果沒有事先報備就來過夜是藝妓的責任，事後如何雇主都不會管，但如果有報備那就是雇主的責任，必須對一切後果負責，兩者的差別就在於這點。

「有什麼責任？」

「比方說萬一懷孕了，或是身體搞壞了。」

島村對自己的蠢問題苦笑，同時也感到，或許在這小山村真有那種大而化之的做法。

遊手好閒的他或許是自然而然想尋求保護色，對旅途落腳的當地風氣有種本能的敏感，一下山就立刻從這村子淳樸的風景感到悠閒氣息，在旅館一問，果然，此地是雪國生活最安逸的村子之一。幾年前鐵路還沒開通時，這裡主要是農民來泡溫泉療養之地。有藝妓的店都掛著餐館或紅豆湯店的褪色布簾，不過看到老式的紙拉門都已發黑，真懷疑這樣是否有客人上門，而雜貨店和零食店，也會雇用一名藝妓駐守，那些店主除了開店好像也要下田。或許因為她是師傅家的人，就算她這種沒牌照的良家婦女偶爾去宴會兼差，想必也沒有藝妓會怪她。

「那大概有多少人？」

「藝妓嗎？應該有十二、三人吧。」

「什麼人比較好？」島村說著，站起來按鈴叫服務生，

「那我走囉？」

「妳可不能走。」

「我才不要。」女人像是要甩開屈辱，

「我走了。沒關係，我才不在乎。我改天再來找你。」

可是看到女服務生，她立刻又若無其事地坐下。女服務生問了好幾次要找誰來，她都不肯指名。

然而，一看到後來出場的十七、八歲藝妓，島村剛下山時對女人的慾望立刻掃興地消失了。因為這個藝妓露出的手臂膚色黝黑，還很瘦小，有點羞澀純樸，看起來很老實，所以他努力不露出掃興的神情望著藝妓，其實他眼中只看到她身後窗外一片新綠青山。他連話都懶得說了。果然是鄉下藝妓。見島村悶不吭聲，於是女人自以為貼心地默默站起來走了，氣氛頓時更尷尬，不過大概還是又耗了一個小時吧，就在他思索怎樣把藝妓打發掉之際，他想起電匯單已經送到，於是藉口要趕時間去郵局領錢，和藝妓一起走出房間。

不過，當他在旅館門口仰望初夏氣息濃厚的後山，就像被召喚似地大步衝上山去了。

也不知有什麼好笑的，一個人笑個不停。

等他終於累了，就猛然轉身撩起浴衣下擺，一鼓作氣跑下山，兩隻黃蝶從腳邊翩翩飛起。

蝴蝶互相糾纏，最後飛得比縣界群山更高，隨著黃色逐漸變白，越來越遠。

「你怎麼了？」

女人站在杉林樹蔭下。

「瞧你笑得那麼開心。」

「算了。」島村又莫名其妙地想笑，

「我打消主意了。」

「是嗎？」

女人忽然轉身，緩步走進杉林。島村默默跟去。

那是神社。女人在長著青苔的狛犬[1]石像旁的平坦岩石坐下。

「這裡最涼快。就算是盛夏也有涼風。」

「這裡的藝妓，全都是那樣嗎？」

「差不多都那樣吧。年紀大的倒是有人很漂亮。」她低著頭冷淡地說。雪白的脖子似乎映現一抹杉林的暗綠。

島村仰望杉樹梢。

「算了。體力一下子抽空，感覺怪怪的。」

那些杉樹很高，如果雙手不向後撐著岩石挺起胸膛就看不見頂端，而且樹幹筆直聳立，陰暗的樹葉遮蔽天空，只有寂靜幽幽鳴響。島村背靠的樹幹，是其中最古老的一棵，但不知怎的唯獨北邊的樹枝從下到上全枯死了，殘留的枝椏就像在樹幹上倒插尖木樁，彷彿是什麼兇神的武器。

「是我想錯了。大概是因為一下山就先見到妳，所以才糊塗地以為這裡

1 狛犬，放在神社的正殿前，用來除魔驅邪的一對石像，外型類似獅子。

的藝妓都漂亮。」島村笑著說，事到如今他才發覺，之所以臨時起意想簡單洗去這七天在山上的健康氣息，其實是因為一開始就看到這乾淨的女子。

她定定眺望被夕陽照亮的遠處河流。變得手足無措。

「哎呀我差點忘了。你要抽香菸吧。」她極力用輕快的態度說，

「剛才我回房間一看，你不是已經走了嗎。我正納悶是怎麼回事，就看到你一個人一陣風似地衝上山去了。從窗口就看得到。真好笑。我想你大概是忘了拿香菸，所以給你帶來了。」

她說著從袖中取出他的香菸，用火柴點燃。

「真對不起那女孩。」

「那有什麼，幾時打發藝妓走本來就是隨客人的意思。」

遍布石頭的河流，水聲聽來格外圓潤甜美。從杉樹之間可以看見對面山脈的襞褶籠罩陰影。

「如果不找個容貌和妳不相上下的女人，事後見到妳豈不是很遺憾。」

「關我什麼事。你真是死不認輸。」女人氣惱地如此嘲笑他，但兩人之間已多了一種和叫藝妓之前截然不同的感情。

其實打從一開始就只想要這個女人，只不過自己的個性照例又迂迴行事。島村清楚意識到這點後，在自厭的同時，也感到女人變得格外美麗。站在杉樹林蔭下喊他後，她看起來有種超然脫俗的淡漠。

纖細高挺的鼻子雖有點單薄，下方微微嘟起的嘴唇卻像美麗的水蛭環肌那樣充滿彈性又光滑，沉默時也彷彿在蠕動，如果嘴唇有皺紋或色澤暗沉，本來應該會看似不潔，可她的嘴唇卻水潤晶亮。眼尾沒有挑起也沒有下垂，彷彿刻意畫成直線的眼睛好像有點奇怪，略微下垂的濃眉卻恰到好處地圈著眼睛。鼻子較為高挺的圓臉雖然輪廓平凡，但皮膚猶如白瓷刷上淡紅，頸根處尚無贅肉，與其說她是美人，最主要還是乾淨。

作為曾經下海陪酒的女人，她的胸部也有點大。

「你看，不知什麼時候跑來這麼多蚊子。」女人拍拍裙擺站起來。

在這樣的靜謐中，只有兩人的神色無聊，越發意興闌珊。

就在當晚十點左右吧。女人從走廊大喊島村的名字，身不由主似地匡噹衝進他房間。猝然倒向桌子後，她醉醺醺地抓起桌上的東西亂扔，大口灌水。

她說今年冬天在滑雪場熟識的那群男人傍晚翻山而來遇上了，她應對方之邀來旅館，沒想到對方叫了藝妓鬧翻天，所以才被灌了不少酒。

她晃著腦袋一個人滔滔不絕後，

「不好意思，我要走了。他們還以為我怎樣了在找我。我待會再來。」說完就踉蹌走了。

過了一小時，漫長的走廊又響起凌亂的腳步聲，她似乎東倒西歪地撞來撞去，

「島村先生！島村先生！」她尖聲叫喊。

「唉，看不見。島村先生！」

那分明是女人赤誠的心在呼喚自己男人的聲音。島村很意外。但是那麼尖銳的聲音肯定會響徹整個旅館上下，他只好困惑地起身，只見女人用手指捅破紙拉門，抓著門框，就這樣軟趴趴倒向島村的身體。

「啊，找到你了。」

女人和他交纏著坐下，依偎著他。

「我沒醉。沒有，誰會醉啊。我只是難受，我難受。我清醒得很。啊！好想喝水。我剛才不該混著威士忌喝。那玩意上了頭，頭好痛。那些人買的是廉價劣酒。我不知道。」她說著，頻頻用手心搓臉。

外面的雨聲忽然變大了。

他稍微鬆手，女人就軟軟倒下。他摟著女人脖子，她的髮髻幾乎被他臉頰壓扁，他順勢把手伸進她懷中。

女人沒有回應他的求歡，雙臂交抱像門閂那樣擋在他想摸的部位上，但她醉得太厲害或許已使不上力，

「這玩意搞什麼。可惡。可惡。渾身無力。這什麼玩意。」她說著，忽然狠狠咬住自己的手肘。

他吃驚地鬆手推開她，只見上面有很深的牙印。

不過，女人已經任由他的手掌作亂，她逕自開始塗鴉。她說要寫喜歡的人的名字給他看，一口氣寫了二、三十個戲劇或電影演員的名字後，接著又寫下無數個島村。

島村掌中那美妙的隆起漸漸發熱。

「啊，我安心了。安心了。」他心平氣和說，甚至感到某種母性。

女人忽然又不舒服了，掙扎著起身後，趴倒在房間另一個角落。

「不行，不行。我要回去了，我回去了。」

「妳能走嗎？外面下大雨呢。」

「我可以光腳回去。可以爬回去。」

「太危險了。妳要回去的話我送妳吧。」

旅館在山丘上，有一段陡坡。

「妳要不要鬆開腰帶，先稍微躺一會，等酒醒了再走吧。」

「那可不行。這樣就好，我習慣了。」女人坐直了挺起胸膛，卻只是讓呼吸更困難。開窗想吐也吐不出來。只見她一直咬牙忍住想翻身打滾的衝動，不時似乎強打起精神，反覆說著要走要走，不知不覺已過了深夜兩點。

「你睡吧。快，你去睡呀。」

「那妳呢？」

「我就這樣。等酒稍微醒了我就走。趁著天沒亮回去。」她說著，忽然靠過來拉扯島村。

「你不用管我，快點睡覺。」

島村鑽進被窩後，女人趴倒在桌前喝水，

「起來。喂，我叫你起來。」

「妳到底要我怎樣。」

「你還是睡覺吧。」

「妳到底在說什麼。」島村站起來。

他把女人拖過去。

之後，本來把臉扭向另一邊躲開他的女人，突然激烈地噘起唇。

可是接著，她毋寧像是傾訴痛苦的囈語般，不知重複了多少次「不行，不行。你不是說過，我們做朋友就好」。

島村被她那認真的語氣打動，她皺眉苦著臉拼命壓抑自己的那種強烈意志力，甚至令他有點掃興地考慮是否該遵守和女人的約定。

「我沒什麼好惋惜的。我絕對不是捨不得哦。問題是，我不是那種女人。我真的不是那種女人。你不是自己說過嗎，這種關係肯定不長久。」

她醉醺醺的已有點麻痺。

「不是我的錯喔。都是你不好。是你輸了。你太軟弱了。不是我。」

她這樣隨口亂說，為了抗拒歡愉，用力咬住袖子。

她像洩氣似地安靜片刻，忽然又想起來，尖銳地說，

「你在笑吧。你在笑我。」

「我沒笑。」

「你心底在笑吧。就算現在沒有笑，事後也一定會笑。」女人翻身趴著抽咽。

但她立刻停止哭泣，像要哄自己似地溫柔、黏人地娓娓道出自己的身世。彷彿已忘了酒醉的痛苦，跟沒事人似的。對於剛才發生的事隻字不提。

「哎喲，只顧著說話，一點都沒發現。」這次她含羞微笑。

她說必須趁著天亮之前回去。

「還很暗呢。這裡的人起得很早。」她說著，幾度站起來開窗看望。

「還看不見人。今天早上下雨，所以誰也不會去田裡。」

雨中浮現對面山脈和山腳的屋頂後，女人還是遲遲沒走，但她終於趕在旅館的人起床前梳好頭髮，島村想送她去玄關，她也怕被人看見，落荒

而逃似地獨自溜走了。而島村就在當天回東京去了。

「那時，妳雖然那樣說，但那果然是假話。要不然，誰會在年底跑來這麼冷的地方。事後我也沒有笑妳喔。」

女人驀然抬頭，透過濃厚的白粉也能看見，她埋在島村手心中的眼皮至兩側鼻翼都紅了。那讓人想到這雪國夜晚的寒冷，卻又因為髮色烏黑，也能感到某種暖意。

那張臉浮現耀眼的微笑，但是隨即或許也想起了「那時」，彷彿島村說的話將她的身體漸漸染色。女人惱羞地垂下頭，由於衣領敞開，可以看見連背部都紅了，彷彿露出性感濕潤的裸體。或許是在髮色襯托下更讓人如此覺得。她的瀏海很細，並不算多，但髮絲像男人一樣粗硬，沒有任何碎髮，光澤就像某種黑色礦物一樣沉重。

剛才觸摸時，島村曾訝異從未摸過這麼冰冷的頭髮，看來那並不是因為寒氣，似乎是頭髮本身如此，就在他如此重新打量時，女人開始在暖桌上屈指細數。而且始終沒有結束。

「妳在算什麼？」即使這樣問她，她還是悶不吭聲地繼續屈指計算。

「那時是五月二十三日對吧。」

「原來如此，妳在算日子啊。七月和八月都是大月喔。」

「欸，是第一百九十九天。正好是第一百九十九天。」

「不過，虧妳還記得五月二十三日。」

「只要看日記，立刻就能知道。」

「日記？妳還寫日記？」

「對，看以前的日記是一種樂趣。因為毫無隱晦全部照實寫下來了，就算自己一個人看了都不好意思。」

「什麼時候開始寫的？」

「去東京陪酒之前不久。當時我不是很缺錢嗎，自己買不起日記本，就用兩三分錢的雜記簿，自己拿尺畫上細線，把鉛筆削得尖尖的，畫出來的線就會特別整齊，然後把簿子從上到下寫滿密密麻麻的小字。等自己買得起之後反而不行了，只會浪費東西。就拿習字來說吧，本來也是寫在舊報紙上，可是現在不是都直接寫在和紙上了。」

「妳一直持之以恆地寫日記？」

「對，十六歲時的日記和今年的最有意思。每次赴宴回來，換上睡衣後我就會寫日記。我不是都很晚回家嗎，有時寫到一半就睡著了，就算現在重看那種段落也知道。」

「這樣啊。」

「不過，我不是天天寫，也有停筆的時候。反正在這種山裡，就算去赴宴，還不都是老套。今年我只買到每頁有日期的那種本子，真是失策。因為我只要一拿起筆就會寫太長。」

比起日記的話題，更讓島村意外的，是她聲稱從十五、六歲起就把看過的小說一一記下，為此已經用掉十本雜記簿。

「妳還會寫讀書感想啊？」

「我哪寫得出什麼感想。只是把書名和作者，還有書中人物的名字，那些人物彼此的關係記下來而已。」

「就算記下那種東西也沒用吧？」

「的確沒用。」

「那是徒勞。」

「是啊。」女人若無其事地開朗回答，卻一直盯著島村。

一切都是徒勞。不知怎的就在島村想再次這麼揚聲強調時，雪鳴般的靜謐忽然滲入心扉，因為他被女人吸引了。明知對她而言那不可能是徒勞，他卻劈頭斷定那是徒勞，那好像反而讓她的存在顯得更純粹。

這個女人談及小說時，聽起來和日常使用的「文學」這個字眼無關。她和本地村民之間，似乎只有交換婦女雜誌翻閱的交情，之後就完全孤立地看自己的書。她不做選擇，也不求甚解，似乎只要在旅館的客廳發現小說或雜誌就會借來看，但她隨口舉出的新作家名稱，有不少都是島村沒聽過的。不過她的口吻簡直像在談外國文學的遙遠故事，有點類似無欲無求的乞丐那種悲哀。島村不禁思忖，自己靠著西洋書籍的照片和文字遙想西洋舞蹈，是否也是這麼一回事。

她也愉快地聊起沒看過的電影和戲劇，想必她已渴求這樣的聊天對象好幾個月了。她甚至好像忘了一百九十九天前的那時，她也是這樣聊得渾然忘我，以致於激動得主動投入島村的懷抱，彷彿又被自己描述的東西刺激得身子都熱了。

然而，她那種對都市事物的憧憬，如今似乎也已老實放棄，成了無心的幻夢，因此比起都市人淪落外地的高傲不滿，單純的徒勞感更強烈。她自己似乎不會為此感傷，在島村看來卻有種不可思議的哀愁。如果沉溺在那種念頭，島村想必會陷入悠遠的感傷，把自己的生存也視為徒勞。然而眼前的她被山間氣息感染，卻是生氣蓬勃滿臉紅潤。

不管怎樣，島村都對她有了新的認識，但如今對方已成為藝妓，他反而難以開口了。

當時她爛醉如泥，很氣自己的手臂麻痺不中用，甚至嚷著「這玩意搞什麼。可惡。可惡。渾身無力」，狠狠咬住自己的手肘。

島村也想起她當時因為站不起來，在地上打著滾說「我絕對不是捨不得喔。問題是，我不是那種女人。我真的不是那種女人」的那番話。見島村猶豫，女人立刻察覺，反彈似地說，

「是十二點整的上行列車[2]。」

她隨著正好在此刻傳來的汽笛聲站起來，粗魯地用力拉開紙窗和玻璃窗，身體靠向欄杆坐到窗臺上。

2 由於一天之中的火車班次稀少且固定，因此火車汽笛聲被當成時鐘來確認時間。

冷空氣頓時流入房間。隨著火車的聲音漸遠，聽來猶如夜風。

「喂，這樣會冷啦。笨蛋。」島村說著，也起身走過去，但是沒有風。

整片白雪凍結的聲音彷彿自地底深沉鳴響，是肅殺的夜景。沒有月亮，星星多得出奇。抬頭一看，只見繁星閃爍，甚至懷疑它們會以虛幻的速度不斷墜落。隨著群星來到眼前，天空越發悠遠地加深了夜色。縣界群山已重重疊疊難以分辨，卻也因此一片漆黑顯得頗為厚重，沉甸甸垂落在星空的下方。一切都冷冽靜謐，充滿和諧。

察覺島村接近，女人趴伏在欄杆上。她看起來並不脆弱，以這樣的夜為背景，倒像是比誰都頑強。島村心想，又來了嗎？

然而，群山雖是漆黑，不知怎的卻看似鮮明的雪白。於是群山似也顯得透明而清寂。天空與山脈並不協調。

島村扣住女人的喉頭，

「小心感冒。這麼冷。」一說著，用力想把她向後拽起來。女人緊抓著

欄杆啞聲說，

「我要回去了。」

「妳走啊。」

「讓我這樣再待一會。」

「那我去泡澡。」

「不要。你留在這裡。」

「把窗子關上。」

「讓我這樣再待一會。」

村子半掩在神社的杉林陰影中，但不到十分鐘車程的火車站那頭，由於天氣太冷，閃爍的燈火彷彿會發出堅硬的碎裂聲。

女人的臉頰，窗戶的玻璃，自己的棉袍袖子，雙手觸及之物對島村而言皆是初次體驗的冰冷。

連腳下的榻榻米都開始冒出寒氣，於是他決定獨自去泡溫泉，

「等一下，我也要去。」女人說，這次老實跟來了。

女人把他隨手脫下一扔的衣物放進脫衣籃時，有投宿的男客進來了，發現女人迅速把臉藏在島村胸前，男客說，

「啊，不好意思。」

「哪裡，您請用。我們去那邊的浴池。」島村情急之下說，光著身子抱起脫衣籃去了隔壁的女浴池。女人當然也裝出夫妻的姿態跟來了。島村頭也不回地默默跳進溫泉。安心之下很想發出大笑，於是連忙把嘴對著出水口胡亂漱口。

回到房間後，女人躺著微微抬起脖子，用小指勾起髮鬢，只說了一句

「好傷心。」

他以為女人漆黑的雙眸半睜，湊近一看，原來是睫毛。

神經質的女人徹夜未眠。

島村似乎是被硬挺的女用腰帶摩擦聲吵醒的。

「這麼早就吵醒你真抱歉。天色還很暗呢。欸，你看我一下好不好？」女人說著，關掉電燈。

「看得見我的臉嗎？看不見嗎？」

「看不見。天還沒亮呢。」

「騙人。你得仔細看。怎樣？」女人敞開窗戶說，

「糟糕。看得見吧。那我該走了。」

島村很驚訝黎明時的低溫，從枕上抬頭一看，天空雖仍是夜色，山上已有晨光。

「對了，沒關係。現在農家都閒著，不會有人這麼早出門。不過會不會有人去山上？」女人自言自語，一邊拖著還沒綁好的腰帶走動，

「剛才那班五點的下行列車沒有客人下車。旅館的人起床還早得很。」

綁好腰帶後，女人還是忽坐忽立，而且老是看著窗口走來走去。就像夜行動物害怕天亮、焦躁地走來走去一樣不安分。那是妖異的野性逐漸高漲。

就這樣耗到連室內都亮了起來，女人紅潤的臉頰也逐漸顯眼。島村對著她那驚人的鮮紅色看直了眼，

「妳的臉頰怎麼紅通通的，是凍的吧。」

「不是凍的，是我卸掉了白粉。我只要一進被窩，立刻從頭到腳都會熱呼呼。」她說著，面對枕畔的梳妝臺，

「終究還是天亮了。我要走了。」

島村朝她那邊一看，倏然縮起脖子。鏡子深處閃耀白光的是雪。女人通紅的臉頰浮現在那白雪中。有種難以形容的潔淨美感。

或許是太陽升起，只見鏡中白雪越發有種冰冷燃燒的光輝。女人浮現雪中的頭髮也隨之黑得發紫，越發烏光閃亮。

大概是為了防止積雪，沿著旅館的牆邊臨時挖出水溝排放浴池溢出的熱水，在玄關門口形成一灘淺水似的清泉。壯碩烏黑的秋田犬踩在那邊的

踏腳石上，一直舔著熱水。大概是從倉庫取出的客用滑雪板並排晾著，那微微的霉味，被蒸氣沖淡沒那麼刺鼻了。從杉樹枝椏落到公共浴池屋頂的雪塊，也似被熱氣融解變形。

女人在黎明前，曾經從山丘上的旅館窗口俯瞰坡道說，到了年底至正月，那條路就會被暴風雪掩埋，屆時不得不穿著雪褲和長筒膠鞋，裹著披風包上頭巾去宴席陪酒，那時的積雪會深達三米。島村此刻就是要走下那條坡道，但高掛在路旁晾曬的尿布下方，可以看見縣界的群山，那皚皚白雪的光芒溫煦，青蔥尚未被雪掩埋。

村中孩童在田裡滑雪。

走進街道旁的村子，可以聽見雨滴靜靜落下似的聲音。

屋簷下的細小冰柱晶瑩可愛。

「欸，順便幫我們也剷一下雪好不好？」

泡澡歸來的女人瞇起眼拿濕毛巾擦拭額頭，仰望在屋頂剷雪的男人如此說道。那大概是個鎖定滑雪季節早早來到此地賺錢的酒女。隔壁就是一間咖啡廳，玻璃窗的彩繪已陳舊，屋頂也傾斜了。

大部分民宅的屋頂都鋪著細木板，木板上還壓著成排石頭。那些圓石只有照到太陽的那一面在雪中露出黑色表面，但那種顏色與其說像潮濕，更像是飽經風雪後陳舊得發黑。而且家家戶戶也和那石頭給人的感覺差不多，低矮的屋子匍匐地面頗有北國風情。

成群孩童正抱起水溝的冰塊扔到路上玩，大概是覺得冰塊碎裂濺起時發亮的樣子很有趣。站在陽光中，簡直難以相信那冰層的厚度，島村不由看了半晌。

一個十三、四歲的女孩獨自倚靠石牆打毛線，她穿著雪褲和高齒木屐，但是沒穿襪子，通紅的腳底板可以看見凍瘡。被放在一旁柴堆上的三歲小女娃，天真無邪地拿著毛線球。從小女娃手中被扯向大女孩的那條灰色舊毛線也發出暖光。

七、八戶之外的滑雪板工坊傳來刨木屑的聲音。對面屋簷下有五、六個藝妓站著說話。他剛想到今早才從旅館女服務生那裡得知花名為駒子的那個女人可能也在那裡，她果然似乎老遠就看著他一路走來，獨自露出一本正經的神情。她肯定會滿臉通紅，但願她能裝作若無其事，但島村還來不及這麼想，駒子已經連咽喉都泛紅了。其實她只要背過身去就沒事了，可她偏偏彆扭地垂著眼，而且隨著他的步伐，臉也跟著慢慢轉過來。

島村也覺得臉頰發燙，匆匆走過後，駒子立刻追來。

「這樣很尷尬，你幹嘛經過那種地方。」

「尷尬？我才尷尬呢。那麼多人站在那裡，我都嚇得不敢走過去了。妳們每次都那樣？」

「對呀，中午過後就那樣。」

「妳看到我就臉紅，還一路追著跑過來，不是更尷尬嗎？」

「管他的。」駒子雖然說得乾脆卻又臉紅了，她當場停下腳步，抓住路旁的柿子樹。

「我想請你去我家坐坐，所以才趕緊跑過來。」

「妳家就在這裡？」

「對。」

「如果妳肯給我看日記，那我可以去坐坐。」

「我死前一定要把那個燒掉。」

「妳家不是有病人嗎？」

「哎喲，你消息很靈通嘛。」

「昨晚妳不是也去車站接他嗎？穿著深藍色的披風。我在那班火車上，就坐在病人的附近喔。他身邊還有一個非常認真、非常親切地照顧病人的女孩陪同，那是他的妻子嗎？是從這裡過去接他的？還是東京人？那女孩簡直像一位母親，我看了都佩服。」

「你昨晚為什麼沒有告訴我這件事？為什麼你不吭氣？」駒子氣得臉

色一變。

「那是他的妻子嗎？」

但是駒子沒回答這個問題，卻問，

「你昨晚為什麼不說？你真是怪人。」

島村不喜歡女人這種尖銳。可是島村和駒子身上應該都沒有讓她如此尖銳的理由，如此說來那大概是駒子的本性流露，總之被她這樣反覆追問後，他逐漸感到自己似乎被戳中要害。今早在映現山上積雪的鏡中看到駒子時，島村當然也想起了在暮色昏黃中映在火車玻璃窗上的女孩，但他當時為何沒有告訴駒子呢？

「就算家裡有病人也沒關係。反正誰也不會進我的房間。」駒子說著，走進低矮的石牆內。

右邊是積雪的田地，左邊沿著鄰家的牆邊有一排柿子樹。屋前似乎是花圃，那中央有小片蓮花池，冰塊已被撈到池邊，有紅鯉魚在游動。屋子也像柿子樹幹一樣腐朽老舊。積雪斑駁的屋頂上，已腐爛的木板導致屋簷起伏不平。

一走進脫鞋口，只覺寒意刺骨，他什麼都還沒看見，就被催著走上樓梯。那真的是座很簡陋的梯子。樓上的房間其實是小閣樓。

「以前本來是養蠶的房間。你嚇了一跳吧？」

「這種房間，妳喝醉回來時居然沒從梯子摔下來也是厲害。」

「當然會摔。不過那種時候我就鑽進樓下的暖桌，多半就那樣睡著了。」駒子把手伸進暖桌的被子裡試探溫度，隨即起身下樓取火。

島村四下張望這個不可思議的房間。雖然只有南邊有一扇低矮的明窗，但框架細小的紙拉門重新貼過白紙，而且日照明亮。牆上也細心貼著和紙，因此感覺就像鑽進舊紙箱，但頭上是裸露的屋樑，逐漸朝窗口傾斜低下，彷彿有黑壓壓的寂寞罩頂。他猜想著牆壁的另一邊不知是什麼情景，逐漸感到這個房間彷彿懸在半空中，有點不安穩。不過牆壁和榻榻米雖然老舊，卻非常乾淨。

駒子或許也像蠶一樣以透明的身體住在這裡。

暖桌蓋著和雪褲一樣的條紋棉布做成的被子。衣櫃老舊，不過那或許是駒子東京生活的紀念品，是用漂亮的直紋桐木做的。還有和衣櫃不搭調的簡陋梳妝臺，朱漆針線盒倒是散發奢華光澤。牆上釘了一層層木板，大概是書架，上頭垂掛著單薄的布簾。

她昨晚陪酒穿的衣服此刻掛在牆上，敞開襯裙的紅色內裡。

駒子拿著火鏟，靈巧地爬上梯子回來，

「我從病人房間拿的火，不過人家都說火是乾淨的。」她垂下剛綁好髮髻的腦袋，撥弄暖桌底下火盆的灰燼，告訴他病人得的是腸結核，只能回故鄉來等死了。

雖說是故鄉，但病人並非在此地出生。這是他母親的村子。母親本來在港口當藝妓，後來成了舞蹈師傅繼續留在那裡，可惜不到五十歲就中風了，只好回到這個溫泉村養病。兒子從小就熱愛機械，好不容易進入鐘錶店工作，但他被母親留在港口後，不久就自己跑去東京，據說還去上夜校。大概是因此積勞成疾。據說今年才二十六歲。

駒子一口氣說完這麼多事，但是對於送病人回來的女孩是誰，駒子為什麼會住在這個家中，她還是隻字未提。

但即使只是這樣寥寥數語，在這個彷彿懸在半空的房間，駒子的聲音好像也會向四面八方洩漏出去，因此島村坐立難安。

正要走出門口時，忽有一件微白的東西映入眼簾，他轉頭一看，原來是桐木做的三弦琴盒。感覺比實際上更大更長，真不敢相信駒子是揹著這玩意去赴宴，這時燻得黑漆漆的紙門被人拉開，

「小駒，不能從這上面跨過去吧？」

清亮的聲音優美得悽愴。彷彿會從哪傳來回聲。

島村聽過這聲音，是那個曾從夜行火車的窗口對著雪地裡呼喚站長的

葉子。

「沒關係。」駒子回答，於是葉子穿著雪褲跨過三弦琴。手裡拎著玻璃夜壺。

從昨晚和站長熟絡的說話態度，以及這件雪褲，都可看出葉子顯然是本地姑娘，但是雪褲上方半露出花俏的腰帶，襯托雪褲黃褐色和黑色相間的粗條紋格外鮮明，毛料和服長長的袖子也因同樣的緣故顯得嬌豔。雪褲的褲腿在膝蓋略上方開叉，因此有點鼓起，而且硬挺的棉布看似緊實，有點安逸的家常氣息。

但葉子只是犀利地瞥了島村一眼，話也沒說就經過玄關脫鞋口。

島村走到門外後，葉子的眼神依然在他眼前炯炯燃燒。就像遠處亮起的火焰一樣冰冷。這大概是因為島村又想起，昨晚看著葉子映在火車玻璃窗的臉孔之際，山野的燈火在她臉孔後方流逝，燈火和眼眸重疊朦朧發亮時，那難以言喻的絢美曾讓島村心弦顫動。想起那個，就又想到駒子浮現在鏡中皚皚白雪之間的通紅臉頰。

於是他加快了腳步。雙腳雖白皙豐腴卻愛登山的島村，只要望著山景走路就會陷入恍神狀態，不知不覺加快腳步。對於隨時可以進入放空狀態的他而言，簡直難以置信那暮色的鏡面和朝雪的鏡面是人工產品。那是大自然的造化。而且是遙遠世界。

就連剛剛待過的駒子房間，似乎都已是那個遙遠世界。他對這樣的自己感到驚訝，登上坡頂後，恰好有位女按摩師走過。島村就像要抓住什麼似地急忙說，

「按摩師，能否幫我按一下？」

「這個嘛，現在幾點了？」按摩師把竹杖夾在身側，右手從腰帶裡取出有蓋子的懷錶，用左手的指尖摸索錶盤，

「過了兩點三十五分啊。我三點半必須去車站那邊，不過晚一點應該沒關係。」

「妳這樣就能知道懷錶的時間啊。」

「是，因為我拿掉了錶面的玻璃。」

「只要用摸的就摸得出錶盤的字嗎？」

「字是摸不出來啦。」說著，她再次取出對女人而言太大的銀色懷錶打開蓋子，用手指按著給他看，告訴他這是十二點，這是六點，介於兩者之間就是三點，

「用這樣推算，雖不到分秒不差，但是誤差不會超過兩分鐘。」

「真的嗎？走山坡路不會跌倒嗎？」

「如果下雨，我女兒會來接我。晚上我只替村裡人按摩，不會上山來。旅館的女服務生都調侃我，說我老公不捨得放我出來呢。」

「妳的小孩已經很大了？」

「對。大女兒十三歲了。」說著來到房間，默默替他按摩了一會後，她歪頭傾聽遠處包廂的三弦琴聲。

「這又是誰啊。」

「妳聽三弦琴的聲音，就能分辨出是哪一個藝妓嗎？」

「有的聽得出來。也有的聽不出來。先生，您一定是個大人物，身體很柔軟呢。」

「不算僵硬吧。」

「還是有，脖頸有點僵硬。您這個身材剛剛好，您不喝酒吧。」

「妳猜得很準。」

「我認識三個客人，正好都和您的身材一樣。」

「是非常平凡的體型吧。」

「說真的，如果不喝酒，真沒什麼樂趣，喝酒可以讓人忘記一切。」

「妳老公喝酒吧。」

「他喝酒讓我很傷腦筋。」

「那人彈的三弦琴很差勁呢。」

「是。」

「妳也會彈吧？」

「會。我從九歲開始學到二十歲，但是結婚後，已經有十五年沒彈過了。」

島村一邊暗想瞎子是否看起來都會比實際年齡年輕，一邊說，

「至少妳小時候有好好練過吧。」

「現在我的手已徹底變成按摩師的手，但是耳朵還行。這樣聽藝妓彈三弦琴，有時我都替他們著急，對，感覺就像是從前的自己。」她說著，又豎耳傾聽，

「這應該是井筒屋的芙美吧。彈得最好和最差的女孩，最容易分辨。」

「也有彈得好的人嗎？」

「有個叫小駒的女孩，年紀雖輕，最近已經彈得很好了。」

「是嗎。」

「先生，您知道吧。當然，雖說她彈得好，畢竟只是以這種山村的水準而言。」

「不，我不知道，但我昨晚是和她師傅的兒子搭同一班火車來的。」

「咦，師傅的兒子身體康復回來了啊？」

「好像病情不樂觀喔。」

「啊？聽說就是因為師傅的兒子在東京久病不癒，那個駒子今年夏天才會出來做藝妓，賺錢給他寄醫藥費。不知是怎麼回事？」

「妳說那個駒子？」

「不過，她身為未婚妻，雖說的確該盡力，總非長久之計。」

「未婚妻？是真的嗎？」

「對。他們好像有婚約喔。我是不清楚啦，只是這麼聽說的。」

在溫泉旅館聽女按摩師描述藝妓身世，因為太尋常，有時反而會很意外，駒子為了未婚夫去當藝妓，也是太尋常的故事情節，島村一時之間難以接受。也許是因為那和他的道德觀有所抵觸。

他有點想繼續深入打聽，按摩師卻就此沉默。

如果駒子是師傅兒子的未婚妻，葉子是兒子的新情人，兒子卻即將死亡的話——島村的腦中又浮現徒勞這個字眼。駒子就算始終堅守婚約，不惜淪落風塵供未婚夫養病，這一切不是徒勞又是什麼呢？

他盤算著見到駒子後，一定要劈頭就教訓她這是徒勞，於是反而又開始感到她的存在異常純粹。

這種虛偽的麻痺，散發無恥的危險氣息，島村細細品味那滋味，在按摩師走後仍舊躺著，這時他忽覺冷到骨子裡，驀然回神才發現原來窗子一直敞著。

山間天黑得早，已有蕭瑟的暮色降臨。由於天色微暗，仍有夕陽返照積雪的遠方群山好像倏然變近了。

之後隨著每座山遠近高低各不同，山壁條條皺襞的陰影逐漸加深，等到只剩峰頂殘留淡淡陽光時，山頂的積雪上方已是晚霞滿天。

村子的河岸，滑雪場，神社，到處都有零星的杉林黑壓壓地浮現。

就在島村陷入虛無的傷感之際，駒子彷彿帶著溫暖的光明進來了。

這家旅館為了迎接滑雪客人要開籌備會。駒子說她是被叫來出席會後的酒宴。她窩進暖桌，突然摩挲起島村的臉頰，

「你今晚臉很白耶。好奇怪。」

她捏起他柔軟的臉頰肉像要揉扁，

「你是大笨蛋。」

她好像有點醉了，等到宴會結束又回來時，她嚷著「不管。我不管了。頭好痛。頭好痛。唉，煩死了，煩死了」，接著癱倒在梳妝臺前，一瞬間醉態橫生甚至顯得可笑。

「我想喝水，給我水。」

她用雙手壓著臉，也不管髮髻會塌掉就直接躺倒，之後又坐起來用乳

液卸掉白粉，頓時露出一張大紅臉，把她自己也逗得笑個不停。她很快就以驚人的速度酒醒。不勝寒冷似地抖著肩膀。

之後她用平靜的聲音開始訴說整個八月都因神經衰弱而賦閒。

「我都擔心自己會不會瘋掉。就是拼命鑽牛角尖，但到底是為什麼事鑽牛角尖，我自己也搞不清楚。很恐怖吧？而且完全睡不著，只有去宴會陪酒時才打起精神。還做了各種夢。也沒好好吃飯。那種大熱天，就拿縫衣針在榻榻米上戳來戳去，整天一直做那種事。」

「妳是幾月當藝妓的？」

「六月。本來這時候我說不定已經去了濱松。」

「妳是說結婚？」

駒子點頭。濱松的男人追著她拚命求婚，但她說就是不喜歡那個男人，所以猶豫了很久。

「既然不喜歡，還有什麼好猶豫的。」

「話不是那樣說。」

「結婚這碼事，真有那麼大的吸引力？」

「討厭。不是那樣啦，是我自身必須清楚做個了結才行。」

「嗯。」

「是你這人太隨便了。」

「不過，妳和那個濱松的男人發生過什麼嗎？」

「如果發生過，我就不會猶豫了。」駒子乾脆地說，「不過，他說只要我還在此地，就不准我和任何人結婚。他說不惜任何手段也要破壞我的婚事。」

「可他明明在濱松那麼遠的地方。妳就是擔心那種事？」

駒子沉默片刻，像要體會自己身體的溫暖般躺著動也不動，之後忽然若無其事說，

「我本來以為我懷孕了。呵呵，現在想想真可笑。呵呵呵。」她含笑

猛然縮起身子，像小孩一樣雙手握拳揪著島村的衣襟。

緊閉的濃密睫毛，看起來又像是半睜著漆黑眼睛。

翌晨，島村醒來時，駒子已經把一隻手肘架在火盆邊，在舊雜誌背面塗鴉，

「欸，我回不去了啦。剛才女服務生進來生火，我好丟臉，嚇得跳起來，這才發現太陽都照到紙拉門上了。昨晚我醉了，所以好像迷迷糊糊睡著了。」

「幾點了？」

「已經八點了。」

「去泡溫泉吧。」島村爬起來。

「我不要，會在走廊遇到人。」她彷彿變成賢妻良母，島村從浴池回來時，她正靈巧地把手巾包在頭上，忙碌地打掃房間。

連桌腳和火盆邊緣她也卯起勁拼命擦拭，扒爐灰的樣子也很熟練。

島村把腳伸進暖桌就這麼躺下，菸灰一掉下，駒子就拿手帕輕輕擦掉，然後拿來菸灰缸。島村露出清新的笑容。駒子也笑了。

「妳如果結婚了，老公肯定天天被妳罵。」

「我才不會罵人。就連要洗的髒衣服我都會先摺好。雖然經常被人笑，但我就是這種個性。」

「據說只要看衣櫃，就知道一個女人的個性。」

在照亮整個房間的晨光中暖呼呼地吃著早飯，她說，

「天氣真好。我應該早點回去練琴才對。這種天氣，音色會不同。」

駒子仰望越發清澈的天空。

遠山積雪看似朦朧地籠罩在柔和的乳白色中。

島村想起按摩師說的話，叫她在這裡練琴就好，駒子立刻站起來，打電話叫家裡把替換的衣服和長歌[3]的樂譜一起送過來。

想到白天見過的那戶人家原來還有電話，葉子的眼睛頓時又浮現在島村的腦海。

「是那個女孩送過來？」

「或許吧。」

「聽說妳是那家兒子的未婚妻？」

「哎喲。你什麼時候聽說那種事的？」

「昨天。」

「你這人真怪。聽說了就聽說了，幹嘛昨晚不說？」但這次和昨天白天時不同，駒子露出乾淨的微笑。

「因為不敢輕視妳，所以難以啟齒。」

「少來了。東京人都是騙子最討厭了。」

---

3 長歌，三弦琴音樂之一，最初是用來替歌舞伎或日本舞蹈伴奏。

「妳瞧妳，我一提起這件事，妳就想轉移話題。」
「我才沒有轉移話題。所以，你把聽說的消息當真了？」
「當真了。」
「你又撒謊。你明明沒有當真。」
「的確是有點無法接受啦。不過，人家說妳是為了未婚夫才下海當藝妓，替他掙醫藥費。」
「討厭，這種情節聽起來就像新派戲劇[4]。什麼未婚夫是假的啦。不過好像很多人都這麼以為。我才不是為了誰下海當藝妓，只是我能做的就得做。」
「妳講的每一句話都像在打啞謎。」
「那我就直說吧。師傅她呀，或許曾經希望她兒子和我結婚。但她只是在心裡想想，從未說出口。師傅這種想法，她兒子和我都隱約知道。不過，我倆其實毫無瓜葛。就這麼簡單。」

「你們是青梅竹馬吧。」

「對，不過，我們不是一起長大的。我被賣去東京時，只有他一個人來送我。在我最早的那本日記第一頁，就寫了這件事。」

「如果你們都住在那個港口，現在說不定已經結為夫妻了。」

「我想應該不可能。」

「不見得吧。」

「你用不著擔心別人，反正他馬上就要死了。」

「那妳還外宿不太好吧。」

「你說這種話才不太好呢。我高興怎樣就怎樣，一個快死的人哪還管得了我？」

4 新派戲劇，和傳統歌舞伎對抗產生的新型態戲劇，多為悲劇。在此指催淚的家庭悲劇。

島村無言以對。

不過，駒子依舊對葉子隻字不提，這又是為什麼？

還有葉子也是，在火車上她就像個小媽媽般忘我地照顧男人，一路把他護送回來，明知男人和駒子有某種關係，一大早還要替駒子送衣服來，不知她心裡做何感想？

島村又犯了恍神地幻想的老毛病之際，

「小駒，小駒。」葉子細微卻清亮的美妙呼喚聲響起。

「來了，辛苦了。」駒子起身去隔壁的三帖房間，

「是葉子替我送來的啊。哎喲，這麼多都拿來了，一定很重吧。」

葉子似乎沒說話就走了。

駒子彈斷了第三根弦，重新換上琴弦後開始調音。光是這樣就已聽出她的琴音清亮了，但是打開堆滿暖桌上的包袱一看，除了普通的練習譜之外，還有二十本杵家彌七[5]的文化三弦琴譜，因此島村一臉意外地拿起樂

譜說，

「妳用這種東西練習？」

「對呀，因為這裡沒有老師。沒辦法。」

「妳家不是就有一個。」

「師傅中風了。」

「就算中風，還是可以動嘴。」

「她嘴巴也不聽使喚了。跳舞的話，她左手還能動，可以糾正我，可是彈三弦琴只會覺得刺耳。」

「這樣妳自己就能看懂？」

「我看得懂。」

---

5 杵家彌七（1890-1942），大正年間將傳統三弦琴音樂整理成現代化樂譜，完成三弦琴文化譜，並透過收音機推廣文化譜，畢生致力於推廣長歌。

「一般婦女也就算了，藝妓在偏遠的山中還能認真練琴，琴譜師肯定也會很高興。」

「陪酒主要是跳舞，而且我以前在東京學的也是跳舞。三弦琴只是模糊記得一點，一旦忘了也沒有老師可以請教，只能依賴琴譜。」

「唱歌呢？」

「唱歌不行。對了，如果是學跳舞時聽慣的曲子，勉強倒還可以，新歌就只能聽收音機，或者記住不知從哪聽來的歌，可是唱的好壞自己也不知道。摻雜了自己摸索的唱法，一定很奇怪吧。而且在熟人面前我會發不出聲音。如果是陌生人，我就敢大聲唱。」她有點羞澀，然後像在等待點歌般，當下擺好架勢，盯著島村的臉。

島村頓時被她的氣勢鎮住。

他在東京的庶民老街長大，從小就熟悉歌舞伎和日本舞，久了好歹也記住長歌的歌詞，雖然聽慣了，但是並未主動學過。說到長歌，他當下只會想到舞蹈的舞臺，不會想到藝妓在宴席上的表演。

「討厭。你是最大牌的客人。」駒子倏然咬住下唇，把三弦琴放到膝上，頓時就像換了個人似地，莊重地翻開練習譜。

「這是今年秋天，我看譜學的。」

她彈奏的是《勸進帳》。

島村忽然感到臉頰一陣涼意幾乎起了雞皮疙瘩，連丹田都一陣暢快。三弦琴的琴音，響徹整個放空的腦中。與其說驚訝，他更像是被狠狠揍了一拳。不由萌生虔敬之念，被悔恨之念洗滌。自己變得完全無力，只能任由駒子的力量擺布，痛快地縱身漂浮其中。

一個十幾二十歲的鄉下藝妓，三弦琴的琴技照理說可想而知，可她明明只是在酒宴彈琴助興，聽來卻像專業的舞臺表演。這是我自己在山中太過感傷罷了——島村試圖這麼想，駒子也故意平板地唸出歌詞，或者抱怨這一段太慢、太麻煩就逕自跳過，但是當她漸漸中邪似地扯高嗓門，島村很驚訝琴音竟能強烈到如此地步，他害怕了，連忙虛張聲勢地支肘躺下裝作沒事。

《勸進帳》結束後，島村鬆了一口氣，他暗想，啊，這個女人愛上我了。但那同樣可悲。

難怪駒子會仰望雪國的晴天說「這種天氣，音色會不同」。是空氣不同。沒有戲院的牆壁，也沒有聽眾，更沒有都會的塵埃，只有琴音清澈貫穿這純粹的冬日早晨，甚至筆直迴響到遠方的積雪群山。

總是不知不覺對著山間壯闊的自然景觀孤獨地練琴，是她的習慣，因此琴撥自然變得強而有力。那種孤獨走過無數哀愁，蘊藏野性的意志力。雖說她本就有幾分底子，但是看琴譜自學複雜的曲子，能夠嫻熟到不看譜也能彈奏的地步，肯定是經過堅強意志的不斷努力。

雖然島村覺得駒子的生活方式是空虛的徒勞，也哀憐她遙遠的憧憬，但她自身的價值，想必已洋溢在凜然撥動的琴音中。

纖纖玉手的琴技有多高明他聽不出，頂多只能理解琴音的感情，但對駒子而言想必他正是最適合的聽眾。

第三首彈起《都鳥》時，由於這首曲子柔媚婉約，島村已經沒有那種起雞皮疙瘩的感受，只是溫馨安逸地凝視駒子的臉。於是深深感到一種肉體的親密。

纖細高挺的鼻子本該有點單薄，可是因為臉頰紅潤充滿蓬勃生氣，就像在囁嚅著「我在這裡」。那血色飽滿滑嫩的美麗櫻唇，微微嘟起時，彷彿也有映現的光澤滑溜溜地動來動去，即使隨著歌聲張大嘴巴，也會立刻楚楚可憐地合起，這和她肉體的魅力完全一樣。略顯八字的眉毛下方，眼尾沒挑起也沒下垂，彷彿刻意畫成直線的眼睛，此刻水汪汪地發亮，顯得有點稚氣。未抹白粉的肌膚，或許該說是在都市賣笑變得白皙透明後，又染上了山間色彩，新鮮如剛剝開的百合或洋蔥球根，直到脖子都微微泛紅，最主要的是乾淨。

她雖然挺起腰桿坐得筆直，看起來卻格外像個小姑娘。

最後，她說這首還在練習，看著樂譜彈了《新曲浦島》後，默默把琴撥夾到琴弦下，歪身放鬆姿勢。

她忽然渾身洋溢性感風情。

島村什麼話都說不出，駒子似乎也壓根不在乎島村的評論，只顧著自己開心。

「妳光聽這裡的藝妓彈琴，就聽得出是哪一個人彈的嗎？」

「那當然聽得出來，總共還不到二十人。都都逸[6]最容易聽出來，因為會流露每個人的習性。」

說著她又拿起三弦琴，右腿依舊屈起，把三弦琴的琴身放在小腿肚上，腰歪向左側，身體右傾，

「小時候我就是這樣學的。」她說著，湊近琴頸，

「黑、髮、的……」她稚氣地唱歌，叮叮咚咚彈琴。

「妳一開始學的曲子是《黑髮》？」

「不。」駒子像小時候一樣搖頭。

後來就算留下過夜，駒子也不再堅持非得在天亮前離開了。

「駒子。」旅館的小女孩從走廊遠處揚起尾音大聲呼喚，駒子把小女孩抱進暖桌專心陪她玩耍，快到中午時就帶那個三歲小女孩去浴池。

泡溫泉回來後，她一邊替小孩梳頭一邊說，

「這孩子只要看到藝妓，就大聲喊人家駒子。無論看到照片或圖畫，只要是日本髮型，她就喊『駒子』。我喜歡小孩，所以很了解這種心理。小君，我們去駒子家玩吧。」她說著站起來，隨即又在走廊的藤椅上懶洋洋坐下，

6 都都逸，用口語描述男女情愛的通俗小曲。

「東京人真是急性子。現在就已經開始滑雪了。」

這個房間就在南邊視野開闊的高處，山麓的滑雪場側面一覽無遺。

島村也從暖桌轉頭一看，坡道的積雪斑駁不均，因此五、六個穿黑色滑雪服的人是在更靠近山腳那邊的田地滑行。層層梯田的田埂，尚未被雪覆蓋，坡度也不大，因此其實很無趣。

「大概是學生吧。是因為星期天嗎？那樣有什麼好玩的。」

「不過，滑雪的姿勢倒是很漂亮。」駒子自言自語似地說，

「在滑雪場如果碰上藝妓打招呼，據說客人都會很驚訝：『咦，竟然是妳啊？』因為在雪地曬黑根本認不出來。晚上都會化妝嘛。」

「同樣也是穿滑雪服？」

「穿雪褲。唉，討厭，討厭，馬上又到了赴宴時客人總是說什麼『那就明天滑雪場見』的時候了。我看今年還是別滑雪算了。再見。來，小君我們走吧。今晚要下雪了。下雪之前總是特別冷。」

島村在駒子走後的藤椅坐下，可以看見滑雪場盡頭的坡道上，牽著小君回家的駒子。

雲層出現，變暗的山脈以及仍被陽光照耀的山脈重疊，向陽與背陽處的光影明暗不斷變換，是微寒的蕭瑟風景，最後滑雪場也倏然籠罩暗影。垂眼看窗下，只見乾枯的菊花圍籬上有凝膠似的霜柱。不過，屋頂積雪融化滴落水管的水聲不絕於耳。

當晚沒下雪，飄落冰霰後開始下雨。

島村臨走前那個月光明亮的晚上，空氣異常寒冷，他又把駒子叫來後，都快十一點了她卻吵著非要出去散步。她粗魯地把他從暖桌抱起來，硬是把他拽出門。

路面結凍。村子沉睡在寒氣下悄然無聲。駒子撩起裙襬塞進腰帶。月亮如藍色冰晶中的利刃般皎潔。

「要走到車站喔。」

「妳瘋了。往返足足有四公里。」

「你要回東京了吧？我要去看看車站。」

島村從肩膀至大腿都凍麻了。

回到房間，駒子突然變得很沮喪，把雙臂深深埋在暖桌下垂頭喪氣，一反常態連溫泉都沒去泡。

暖桌的被子保持原狀，換言之，蓋被搭在上面，墊被的被腳拉到地爐邊，鋪了一個被窩，但駒子坐在旁邊挨著暖桌，垂頭動也不動。

「妳怎麼了？」

「我要回去。」

「別說傻話。」

「你別管我，快睡覺吧。我就想這樣待著。」

「為什麼要回去？」

「那我不走。我就在這裡坐到天亮。」

「沒意思，不要故意作對。」

「我沒有故意作對。我才不會作什麼對。」

「那──」

「不，我是不方便。」

「原來是為了那種事啊。那有什麼關係。」島村笑了出來，

「我不會對妳怎樣的。」

「討厭。」

「而且妳真傻，還那樣胡亂走路。」

「我要走了。」

「妳不用離開。」

「我好難過。欸，你趕快回東京去吧。我好難過。」駒子悄然把臉埋在暖桌上。

之所以難過，大概是逐漸對過客陷得太深的不安吧。抑或是在這種時

候，只能默默忍耐頗為惆悵？女人心原來這樣用情至深啊，島村想著，不由沉默半晌。

「你走吧。」

「其實我正打算明天就走。」

「哎喲，你為什麼要走？」駒子大夢初醒般抬起臉。

「就算永遠待下去，我也不可能給妳什麼。」

駒子愣愣盯著島村，突然用激烈的口吻說，

「那可不行。我告訴你，你那樣不行喔。」她不耐煩地起身走過來，二話不說就摟著島村的脖子撒潑，

「我告訴你，你不能講這種話。起來。我叫你起來！」說話的同時，自己卻先倒下，狂亂甚至令她忘記身體的不適。

之後她睜開溫柔濕潤的眼睛，

「你真的明天就該走了。」她平靜地說，撿起掉落的頭髮。

島村決定隔天下午三點出發，換衣服時，旅館領班悄悄地把駒子叫去走廊。可以聽見駒子回答「是啊，那就麻煩你算十一個鐘點左右」。也許是領班認為十六、七個鐘點太長了。

一看帳單，她早上五點走就算到五點，隔天十二點走就算到十二點，全都按鐘點計算。

駒子在大衣外面圍上白色圍巾，一路送他到車站。

為了打發時間，他去買了蟲癭果醃漬的醬菜和瓶裝滑菇等土產品，結果還剩二十分鐘，於是就在車站前地勢略高的廣場漫步，一邊望著四周感嘆此地真是雪山環繞的小地方，他忽然發現駒子的頭髮太黑，由於背陽的山谷清冷寂寥，此刻反而顯得淒涼。

遠處下游的半山腰，不知怎的只有一處照到淡淡陽光。

「我來了之後，積雪好像大致融化了。」

「可是只要連下兩天雪，積雪立刻又會深達近兩米。如果雪一直不停，那根電線桿的電燈都會埋在雪中喔。我要是邊走路邊想著你，就會被電線勒住脖子受傷。」

「積雪有那麼深？」

「前面的鎮上中學，下大雪的早上，聽說學生會光著身子從宿舍二樓窗口跳進雪中。身子整個沉進雪裡都不見了。然後就像游泳一樣在雪底划著走。欸，你看那邊也有除雪車。」

「我很想來賞雪，但正月新年旅館很擠吧。火車不會被雪崩掩埋嗎？」

「你這人真悠哉。你一直過著那種生活？」駒子看著島村的臉，

「你為什麼不把鬍子留長？」

「嗯，我正考慮蓄鬍。」摸著刮鬍後青色的下巴，他猜想或許是因為自己的嘴角有一條清晰的皺紋，讓柔軟的臉頰顯得輪廓剛硬，駒子可能也是看中這一點。

「我倒覺得，妳每次卸掉白粉後，臉蛋就好像剛用剃刀刮過。」

「有嚇人的烏鴉在叫。不知是在哪叫。好冷。」駒子仰望天空，抱著雙肘緊壓胸側。

「去候車室的暖爐烤烤火吧？」

這時，從街道彎向火車站的大馬路上匆匆跑來的是穿雪褲的葉子。

「啊！小駒，行男他，小駒。」葉子上氣不接下氣，就像逃離可怕東西的小孩緊抓著母親那樣抓住駒子的肩膀，

「妳快回去，他情況不對勁，快點。」

駒子彷彿要忍痛似地閉上眼，霎時面無血色，但她意外明確地搖頭。

「我在送客人，我不能回去。」

島村很驚訝，

「別管什麼送行了，我無所謂。」

「那怎麼行。我都不知道你以後還會不會再來。」

「我會來，我會來。」

葉子似乎根本聽不見他們的對話，急沖沖地說，

「我剛才打電話去旅館，他們說妳來車站了，所以我就一路跑來。行男在找妳。」她說著拉扯駒子，但駒子硬是不動，忽然甩開她，

「我不要！」

這一甩，踉蹌兩三步的反而是駒子。而且她猛然作嘔，卻什麼也沒吐出來，只是濕了眼眶，臉頰起了雞皮疙瘩。

葉子張口結舌，呆然凝視駒子。但她的神情太認真，究竟是在生氣，驚訝，還是悲傷都看不出來，就好像戴著面具，看起來異常單純。

葉子保持那神情轉過頭，突然拽住島村的手，

「不好意思。請你讓這個人回去。請讓她回去。」她拼命用高亢的語氣不斷哀求。

「好，我讓她回去。」島村大聲說。

「妳快點回去啦，笨蛋。」

「這裡哪有你說話的份。」駒子一邊對島村說話，一邊伸手把葉子從島村身邊推開。

島村想指向車站前的汽車，但是被葉子用力拽住的手指已經發麻，

「我現在就讓她坐那輛車回去，總之妳先回去吧。在這裡拉拉扯扯的，別人會看到。」

葉子用力點個頭，

「快點喔，快點喔。」說完轉身就跑，突兀得令人難以置信，但是目送她遠去的背影，島村心頭忽然掠過此刻不該有的疑問，很好奇那女孩為何總是那樣認真。

葉子優美得悽愴的聲音，彷彿此刻也從哪座積雪的山上傳來回聲，縈繞在島村的耳中。

「你要去哪裡？」駒子看到島村要去找汽車司機連忙把他拉回來，

「我不要。我可不回去。」

島村忽然對駒子萌生生理上的厭惡。

「你們三人之間到底有什麼糾葛我不知道，但是那家的兒子現在說不定要死了。所以他想見妳，才會來叫妳回去。妳就老實回去吧，否則妳會後悔一輩子。萬一就在我們這樣說話之際他斷氣了怎麼辦，妳不要那麼倔強，讓一切恩怨都付諸流水吧。」

「不是的。你誤會了。」

「妳被賣去東京時，不是只有他一人去送妳嗎？妳還把這件事寫在第一本日記的第一頁，現在卻不去替那人送終太說不過去了吧。妳應該去把自己寫在他生命的最後一頁。」

「不，我才不要去看別人死掉。」

那聽來既像是冷酷無情，又像是太深情，因此島村有點迷惑，

「我再也不寫什麼日記了。我要燒掉。」駒子喃喃低語，不知怎的卻臉紅了，

「欸，你是正直的人吧。如果是正直的人，我可以把我的日記全部給你喔。你不會笑我吧。我是看你正直。」

島村忽然有種莫名的感動，他覺得她說得對，自己的確是這世上最正直的人，於是不再強迫駒子回去。駒子也沉默了。

旅館領班從旅館設在車站前的櫃檯走出來，通知他該剪票進去了。只有四、五個穿著灰暗冬裝的本地人默默上下車。

「我不進月臺了。再見。」駒子站在候車室的窗內。窗戶玻璃是關著的。從火車上看過去，就像在落魄窮村的水果店被燻黑的玻璃箱內，有一顆不可思議的水果被人遺落。

火車啟動後，候車室的玻璃霎時發光，駒子的臉孔在那光芒中倏然亮起，隨即消失，那是和她映在朝雪的鏡中時一樣通紅的臉頰。對島村而言，也是與現實訣別時的色彩。

火車從北面爬上縣界的山，穿過長長的隧道後，冬日午後的微光彷彿被那地底的黑暗吸收，老舊的火車也像在隧道內脫掉明亮的外殼，就此走下重巒之間已開始出現暮色的山谷。山的這一頭還沒有雪。

沿著溪流最後來到原野，山頂似乎被雕刻得別有趣致，從那裡畫出徐緩的優美斜線直到遠處山腳，山邊已染上月色。那是野地盡頭唯一的景致，帶著淡淡晚霞的天空用深藍色清晰勾勒出整座山的輪廓。月色尚淺，沒有冬夜冰冷的清暉。天空不見飛鳥。山腳的原野也沒有東西遮蔽，向兩旁無垠延伸，快到河岸時，有座看似水力發電廠的雪白建築聳立。那是在冬日蕭瑟的車窗留下的最後風景。

窗子開始被暖氣的水蒸氣蒙上白霧，隨著外面流逝的野地漸暗，乘客又開始半透明地映現在玻璃窗上，重演那個暮色鏡面的把戲。這班車不像是東海道線，倒像是異地他鄉的火車，用的是褪色的舊式客車，大概只有三、四節車廂。燈光也很暗。

島村感到彷彿搭乘某種非現實的交通工具，對時間和距離失去概念，陷入恍神狀態，任由身體被虛無地運送，這時單調的車輪聲，聽來漸漸像是女人的絮語。

那些話語斷斷續續很簡短，卻是女人竭力生存的標記，甚至令他聽了都難過，所以他一直忘不了。但對如今這樣漸行漸遠的島村而言，那聲音已經太遙遠，只不過平添一抹旅愁。

想必行男就在此刻斷氣了吧。駒子不知怎的就是堅決不肯回去，該不會因此沒趕上見行男最後一面吧。

乘客稀少得詭異。

年過五十的男人和紅臉姑娘相向而坐，正在滔滔不絕聊得起勁。女孩厚實多肉的肩頭裹著黑色圍巾，膚色紅潤得就像在燃燒。她向前傾身聽得很專心，也愉快地回答。看似結伴長途旅行的兩人。

不過，來到有絲廠煙囪的車站後，老男人慌忙取下行李架的柳編行李箱，從窗口扔向月臺，一邊對女孩撂下一句「那我走了，有緣再相逢」就匆匆下車了。

島村一瞬間幾乎潸然落淚，連自己都很驚訝。於是他更加感到這是離開女人的歸程。

他做夢也沒想到那兩人只是偶然同車互不相識。男人八成是行腳商人。

又到了飛蛾產卵的季節，因此離開東京的家時妻子特地交代過，不能把衣服一直掛在衣架或牆上。來了一看，旅館房間簷角吊掛的裝飾燈上，果然黏著多達六、七隻玉米色的大飛蛾。旁邊三帖小房間的衣架上，也停著個頭雖小身軀肥大的飛蛾。

窗口依然有夏天防蟲的鐵絲網。同樣有一隻飛蛾貼在那網上靜止不動。紅褐色如小羽毛的觸角伸出，但翅膀是透明的淺綠色，翅膀足足有女人手指那麼長。遠方連綿的縣界群山在夕陽照耀下已染上秋色，因此這一點淺綠反而像是死亡。只有前翅和後翅重疊那塊地方的綠色特別濃，秋風來時，那翅膀便如薄紙晃動。

島村懷疑飛蛾是否還活著，起身從鐵絲網內側伸指輕彈，但飛蛾動也不動。握拳重重一敲，飛蛾就像樹葉般翩然墜落，但是半途又輕盈飛起。

仔細一看，窗外的杉林前，有數不清的蜻蜓飛過，猶如蒲公英的絨毛飄揚。

山腳的河流似從杉樹梢流出。

貌似胡枝子白花的花朵在山丘的半山腰閃爍銀光恣意怒放，也讓島村看了許久。

從室內浴池出來，島村看到俄國女販子坐在玄關。他很意外小販連這種鄉下也會來，忍不住走過去看。賣的都是普通的日本化妝品和髮飾。

女人似乎已四十出頭，臉上滿是飽經風霜的細紋，但是粗脖子露出的皮膚卻白如凝脂。

「妳從哪來？」島村問。

「從哪來？我從哪來啊……」一邊收拾商品一邊思考。

女人似乎不知如何回答，一邊收拾商品一邊思考。

女人的裙子就像裹著一塊骯髒的布，早已不像是洋裝，她已習慣日本生活，背起大包袱就走了。但她穿的是皮鞋。

一起目送女人遠去的老闆娘盛情邀請，於是島村也去了帳房，只見地爐旁有個大塊頭女人背對這邊坐著。女人拎起裙襬起身離去。她穿著黑色的正式禮服。

滑雪場的宣傳照上，就是這個女人以一襲赴宴裝搭配棉質雪褲，腳踩滑雪板和駒子肩並肩，因此島村也見過這個藝妓。那是個態度溫婉大方的半老徐娘。

旅館老闆把鐵火筷架在地爐上，烘烤橢圓形的大紅豆餅。

「要不要也來一個？是人家送的，您不如也湊個趣嚐一嚐？」

「剛才那人不做了？」

「對。」

「她是個不錯的藝妓吧。」

「約滿要走了，所以四處辭行。她其實生意很好。」

島村吹著熱呼呼的紅豆餅一口咬下，硬皮帶著陳舊的氣味，有點發酸。

窗外，夕陽照在通紅的熟柿子上，那光芒彷彿會一路射穿地爐上方掛在鐵鉤上的竹筒。

「長得那麼長，是芒草吧。」島村吃驚地看著坡道。那草足足有揹著它走路的阿婆身高兩倍，而且草穗很長。

「先生，那是茅草喔。」

「是茅草啊。是茅草啊。」

「鐵路局舉辦溫泉展覽會時，大概是要供人休憩，建造了茶室，屋頂就是用這裡的茅草做的喔。聽說東京人還把那個茶室整個買下來了。」

「是茅草啊。」島村再次喃喃自語，

「山上開的是茅草啊。我還以為是胡枝子花。」

島村一下火車首先映入眼簾的，就是這山上的白花。靠近陡峭山腰的頂端，有一整片白花怒放發出銀光。那看似秋陽灑落山上的光芒，令他驚嘆地為之動情。他一直以為那是胡枝子白花。

然而近看茅草的茂盛蓬勃，和仰望遠山的感傷繁花截然不同。大捆茅草完全遮住女人們揹草的身影，擦過坡道兩旁的石崖沙沙作響。是很結實的草穗。

回到房間，十燭光的昏暗側間裡，那隻軀幹肥胖的飛蛾正在黑漆衣架上產卵。簷角的飛蛾也啪啪撞擊裝飾燈。

蟲子從白天就叫個不停。

駒子稍後來了。

她站在走廊上，筆直凝視島村，

「我問你，你又來做什麼？你來這種地方做什麼？」
「來看妳。」
「少來了。東京人滿口謊言最討厭了。」
接著她一邊坐下，一邊溫柔地沉聲說，
「我不要再去送你了。那種滋味難以形容。」
「好，這次我走的時候不告訴妳。」
「不行。我只是說我不要去火車站。」
「那人怎麼樣了？」
「當然是死了。」
「在妳送我去車站時？」
「不過，那是兩回事。我沒想到送行會那麼難受。」
「嗯。」
「你二月十四日是怎麼回事？騙子！我一直在等你。我再也不相信你說的話了。」

二月十四日有趕鳥祭。這是雪國每年特有的兒童活動。早在那十天前，村裡的孩童就會穿著稻草編織的雪靴把雪踩得硬實後，切割成六十公分見方的雪板，再將那些雪板層層堆砌，蓋成雪屋。那是五米見方、高度有三米多的雪屋。十四日晚上，孩童會挨家挨戶討來注連繩[7]，在雪屋前生火焚燒。這個村子是二月一日過新年，所以還有注連繩。然後孩童們爬到雪屋的屋頂上，互相推擠打鬧著唱起趕鳥歌。之後孩童在雪屋內亮起燈火，守夜到天亮。十五日黎明時再次在雪屋的屋頂唱趕鳥歌。

那時正是積雪最深的時候，所以島村曾和她約定要來參觀趕鳥祭。

「我二月回老家了。暫時不做生意。我以為你一定會來，所以十四日就回來了。早知道這樣我就多留幾天安心照顧病人。」

「誰生病了？」

「師傅去港口，得了肺炎。我正好在老家，收到電報後就去照顧她了。」

「康復了嗎？」

「沒有。」

「那真是抱歉。」島村既像是為爽約道歉，也像是為師傅的病逝哀悼似地說。

「不會。」駒子忽然溫順地搖頭，拿手帕撣起桌子說，「好多蟲子。」

從矮桌到榻榻米上都掉滿很多小飛蟲。許多小飛蛾繞著電燈盤旋。紗網外側也有不知多少種飛蛾點點停駐，在清亮的月光中浮現。

「胃好痛，我的胃好痛。」駒子的雙手猛然插進腰帶內，趴倒在島村的膝上。

7 注連繩，稻草編織的繩子，是新年掛飾。

她敞開的後領口露出塗抹濃厚白粉的脖子，頓時也有無數比蚊子還小的蟲子落下。也有些轉眼就死掉了，停在那裡再也不動。

她的頸根相比去年更顯豐腴。島村暗想，她二十一歲了。

他的膝蓋漸漸有溫熱的濕氣。

「剛才帳房還笑得鬼鬼祟祟，叫我來茶花房看了就知道。真討厭。我搭火車剛送完大姐回來，正想輕鬆睡一覺，他們卻說這裡打過電話叫我來陪客。我本來懶得動，不想來。因為昨晚喝多了。是替大姐餞行。難怪帳房一直笑，原來是你。我們有一年沒見了吧。你是一年才來一次？」

「她送的紅豆餅我也吃了。」

「是嗎？」駒子挺胸坐起來。只有壓在島村膝頭的地方發紅，讓她的臉看起來忽然顯得很稚氣。

她說她一路送那個老藝妓直到下下一站的城市。

「真沒意思。以前無論什麼事大家都立刻達成共識，現在漸漸變成個人主義各管各的。這裡也變了很多。合不來的人越來越多。菊勇大姐走後，我可寂寞了。以前事事都以她為中心。她的生意也最好，出場鐘點不下六百支[8]，所以在我們那裡也很受重視。」

那個菊勇據說簽約年期已滿要回家鄉，島村問駒子她是要返鄉結婚，還是要繼續賣笑。

「大姐也是可憐人。她之前有過一段失敗的婚姻，才來到此地。」駒子不肯說下文，遲疑半天後，望著月光下的梯田下方說，

「那邊的坡道，半路上不是有間剛蓋好的房子嗎？」

「妳是說菊村那家小餐館？」

「對。大姐本來該嫁去那家店，可是被大姐自己的個性搞砸了。當時鬧得很大喔，枉費人家特地為她蓋房子，臨了要進門的時候，她卻突然反

8 一支是指燒完一支香的時間，以此作為單位，計算藝妓的出場費。

悔。她愛上另一個人，打算和那人結婚，結果被騙了。人只要用情太深，都會那樣嗎？雖然被男人拋棄了，事到如今也不可能回過頭再厚著臉皮收下那間店，她又沒臉繼續待在這裡，只好去別的地方重起爐灶。想想都可憐。我們也不是很清楚，不過她好像有過很多人。」

「男人嗎？有五個那麼多嗎？」

「是啊。」駒子含笑，隨即頭一撇，

「大姐也太軟弱了。膽小鬼。」

「她也很無奈吧。」

「本來就是嘛。被喜歡又怎樣。」

她低著頭拿髮簪搔頭。

「今天送她走，我心裡好難過。」

「那為她開的那間店怎麼辦？」

「由那人的原配來掌管。」

「原配出馬，這倒是有意思。」
「對啊，因為都已經做好開店準備了。也只能這麼辦吧。原配把小孩全都帶來，搬過來住了。」
「那家裡怎麼辦？」
「聽說只剩一個婆婆。其實本來是農民，但是店主喜歡幹這行吧。那人很有趣。」
「看來很愛玩啊。年紀應該不小了吧。」
「還很年輕喔。好像才三十二、三歲。」
「噢？那小老婆豈不是比原配的年紀還大？」
「都是二十七歲。」
「菊村這個店名，是取自菊勇的菊吧？結果現在卻是原配在經營。」
「招牌都掛出來了也不好再改吧。」
島村合攏衣襟，駒子立刻起身去關窗子，

「大姐也對你的事情很清楚，今天還告訴我你來了。」

「她來辭行的時候我在帳房遇見了。」

「有說什麼嗎？」

「沒有。」

「你懂我的心情嗎？」駒子倏然將剛剛關上的紙窗拉開，像要縱身跳出般靠窗一屁股坐下。島村沉默片刻後說，

「星光和東京完全不同，就像漂浮在空中。」

「今晚有月亮，所以也還好。今年雪下得大。」

「聽說火車經常不通。」

「對，很嚇人。汽車通行也比往年晚了一個月，到五月才通車。滑雪場不是有販賣部嗎？那裡的二樓被雪崩淹沒，樓下的人還不曉得，聽到奇怪的聲音，以為廚房有老鼠作怪，去廚房一看卻什麼也沒有，再上二樓才發現都是雪。遮雨板什麼的也全被大雪沖走了。雖然只是表層雪崩，收音

機卻大肆廣播，嚇得滑雪客都不敢來了。今年我已經打算不滑了，去年年底也把滑雪板送人了。不過好像還是滑了兩三次吧。我是不是變了？」

「師傅死後，妳是怎麼過的？」

「別人的事你少管。二月的時候我可是來這裡等過你。」

「既然回港口了，那妳寫信告訴我不就好了。」

「我才不要。那多窩囊啊，我不要。我才不要寫那種被你老婆看見也很安全的信。太可悲了。我從來不會藏頭縮尾地撒謊。」

駒子激動得就像要用連珠炮炮轟他。島村點頭。

「你不要坐在蟲子堆裡，把燈關掉就好了。」

月色明亮，連女人耳朵的凹凸輪廓也有清楚的影子。月光深深照入，榻榻米冷冰冰地發青。

駒子的嘴唇像美麗的水蛭環肌一樣光滑。

「討厭，讓我走。」

「妳還是老樣子。」島村仰頭，彷彿覺得哪裡有點怪，湊近打量她鼻子高挺的圓臉。

「大家都說，我和十七歲剛到此地時一樣，一點也沒變。畢竟生活也都完全一樣嘛。」

她的臉頰仍保有北地少女濃厚的紅暈。藝妓風情的肌膚在月光下發出貝殼的光澤。

「不過，我搬家了你知道嗎？」

「因為師傅死了？妳已經不住在那個養蠶的房間了吧。這次的住處是真正的藝妓屋[9]？」

「真正的藝妓屋？對啊，店裡還賣零食和香菸。依然只有我一人。這次是真正受雇工作，所以到了深夜，我就點蠟燭看書。」

島村抱著肩膀笑了。

「因為裝了電表，我不好意思浪費電。」

「真的假的。」

「不過，店裡的人對我很好，甚至讓我懷疑我這樣算是雇工嗎。小孩一哭，老闆娘就會把孩子揹到門外以免吵到我。雖然什麼都不缺，唯一不好的就是被窩是歪的。如果我回來得晚，他們會先幫我鋪床。可是墊被都沒有好好疊整齊，再不然就是床單歪七扭八。看到那樣，我都覺得難受。可是我又不好意思自己重新鋪床。畢竟人家是一番好意。」

「妳如果成家了一定很辛苦。」

「大家都這麼說。我就是這種個性。那家有四個幼兒，所以亂七八糟的很傷腦筋。我就整天跟在後頭收拾。明知收拾好之後八成又會被弄亂，可我就是在意，無法不管。在環境容許的範圍內，我還是想讓自己過得乾乾淨淨的。」

9 藝妓屋，又稱置屋，是管理及培訓藝妓的地方。

「是啊。」

「你懂我的心情嗎？」

「我懂。」

「既然懂那你就說說看。說啊，你說。」駒子突然咄咄逼人地追問。

「你看吧。你根本說不出來。滿口謊言。你這人養尊處優，任性又隨便。你根本不會懂。」

然後她沉聲說，

「真叫人傷心。是我太傻了。你明天就回去吧。」

「被妳這樣逼問，我不可能說得清楚。」

「有什麼不能說的？你就是這點不好。」駒子又無奈地語帶傷感，但是默默閉上眼後她覺得島村或許多少對自己還是有點感覺，於是做出看似理解的態度，

「一年一次也好，請你一定要來。我在此地的期間，你一定要一年來

一次喔。」

她說簽的合同是四年。

「回老家時，我做夢也沒想到又要來做生意，我連滑雪板都送人了，唯一做到的，只有戒菸。」

「對了，我記得之前妳抽得很兇吧。」

「對。陪酒時客人給的菸，我都偷偷塞進袖子，有時回來後才發現掉出好多根。」

「不過四年很久呢。」

「一下子就過了。」

「好暖和。」島村任駒子靠近，把她抱起來。

「我體溫高是天生的。」

「現在早晚已經很冷了吧。」

「我來這裡都已經五年了。起初徬徨不安，懷疑自己是否真的要住在這種地方。火車開通前很冷清。從你開始來這裡，也已有三年了。」

不到三年的期間島村來了三次，但島村覺得，每次來都會發現駒子的處境改變。

忽然有幾隻寬翅紡織娘叫了起來。

「真討厭。」駒子說著，從他腿上起身。

北風吹來，紗網上的飛蛾一齊飛起。

島村雖已知道她看似黑眼微睜是因為濃密的睫毛緊閉，還是忍不住湊近看。

「我戒菸之後就胖了。」

肚子的脂肪變厚了。

分開時難以捉摸的東西，現在又忽然恢復那種親密感。

駒子輕輕把手掌放到胸部，

「一邊變大了。」

「笨蛋。是那個人的癖好吧，只摸一邊。」

「哎喲。討厭。你亂說，討厭鬼。」駒子突然變臉。島村想起來了，就是這麼回事。

「下次妳要叫他兩邊平均摸。」

「平均？要叫他平均？」駒子溫柔地把臉貼近。

這個房間在二樓，但是屋子周遭有青蛙叫個不停。不只一隻，好像有兩三隻跳來跳去。叫了很久。

從室內浴池回來，駒子用徹底安心的平靜聲調又開始訴說自己的經歷。

在這裡第一次檢查身體時，她以為和當學徒時一樣，只脫了上半身，結果被嘲笑，後來她就哭了出來。她連這種事都說了。在島村的詢問下，

「我那個其實很規律，每月都會提早兩天來。」

「可是，去陪酒不會不方便吧。」

「對啊，你連這個都知道？」

因為可以暖身，她天天都泡知名的溫泉，而且往返舊溫泉和新溫泉之間赴宴要走四公里路，再加上山間生活很少熬夜，因此身材健美豐腴，但她就像一般藝妓常見的那樣骨盆窄小。正面看來苗條，側面卻厚實。不過能夠吸引島村遠道而來的女人，自有惹人憐惜之處。

「像我這樣大概不能生小孩吧？」駒子認真地問。她說只要固定和一個人交往，不就和夫妻沒兩樣。

島村這才知道駒子有那種對象。她說從十七歲那年開始已跟了那人五年。島村打從之前就覺得奇怪。這下子他終於明白駒子為何如此無知且毫無戒心。

或許是因為她還沒出師前替她贖身的那個人死後，她一回到港口就立刻被那人包養，駒子從開始到今天都討厭那人，她說她永遠無法對那人敞開心扉。

「關係能夠持續五年，已經很厲害了。」

「其實有過兩次分手的機會。一次是我來這裡做藝妓時，還有一次是從師傅家搬到現在的住處時。可我意志太軟弱了。我真的太軟弱了。」

她說那人在港口。不方便把她安置在那城市，因此師傅來這個村子時就順便托師傅把她帶來了。她說那人雖然親切，但她卻永遠不想委身於對方，這是件可悲的事。她說由於年紀差太多，那人偶爾才會來。

「我常常在想，要怎樣才能分手，乾脆做出放蕩的行為算了。我是真的這麼想喔。」

「放蕩不好。」

「我也做不出來。畢竟個性就是這樣沒辦法。我很愛惜自己的身體。如果真想那樣做，也可以把四年期限縮短成兩年，但我不想勉強自己。身體最重要。如果拼一點，應該能賺不少，因為簽的是年約，只要不讓老闆吃虧就行了。每個月本金多少，利息多少，稅金多少，再加上自己的生活費，不就算得出大致的開銷嗎？用不著為了賺更多錢逼自己工作。如果陪客時客人很囉唆我不喜歡，我就提早離開，而且若不是熟客指名，旅館也不會深夜打電話叫我來。自己揮霍無度的話錢當然永遠不夠用，但若只是隨遇而安地賺點錢糊口，那樣就夠了。我已經把本金還掉一半以上了。我工作還不到一年呢。不過，加上零花錢什麼的每個月還是要花三十圓。」

她說一個月賺一百就夠了。上個月賺最少的人也有三百支，賺了六十圓。駒子出場次數有九十幾場最多，一場筵席有一支算自己賺的，因此老闆當然會有點吃虧，但是會不斷安排工作去賺回來。她說在這個溫泉區，從沒有任何藝妓因為債務越來越多而延長期限。

翌晨，駒子還是一早就起來了，

「我夢見在打掃插花師傅的房間，然後就醒了。」

搬到窗邊的梳妝臺映現滿山紅葉。鏡中的秋陽也很明媚。

零食店的女孩送來駒子的替換衣服。

不是那個聲音清亮得悽愴，躲在紙門後面喊「小駒」的葉子。

「那個女孩後來怎樣了？」

駒子瞄了島村一眼，

「她三天兩頭去上墳。滑雪場的腳下不是有片蕎麥田嗎？開白花的那個。左邊不是有墳墓？」

駒子走後，島村也到村子散步。

白牆的屋簷下，穿著嶄新朱紅色棉絨雪褲的小女孩正在拍皮球，著實是秋日風景。

有很多造型古典的房屋，想必打從古代領主經過時[10]就是如此。伸出的屋簷很深。二樓的紙窗高度僅有一尺左右，是細長形的。簷角垂掛茅草簾。

土坡上有種植薄葉中國芒的圍籬。中國芒盛開土黃色花朵，細長的葉

10 湯澤町有越後通往關東的三國街道，作為越後的玄關口，曾是重要的驛站中心。

片一株株如美麗的噴泉伸展。

在路旁陽光下鋪開草蓆打紅豆的正是葉子。

紅豆從乾枯的豆枝裡如碎光不斷迸出。

她包著頭巾所以或許沒看見島村，穿著雪褲張開雙膝一邊敲打紅豆，一邊用那清亮哀婉似有回聲的聲音歌唱。

蝴蝶蜻蜓和蟋蟀
全在山上吱吱唱
松蟲鈴蟲紡織娘

還有一首歌唱的是晚風中的大烏鴉倏然飛離杉樹上，不過從這窗口俯瞰杉樹林前方，今天也有成群蜻蜓飛過。隨著天色漸暗，牠們的飛行似乎匆匆忙忙加快了速度。

島村出發來此地之前，在車站的販賣部發現介紹這一帶山脈的新書，於是買了下來。漫不經心翻閱時，發現書上提及從這房間望見的縣界群山，其中一座的山頂附近，有小路穿過美麗的池沼，附近濕地有各種高山植物繽紛開花，如果是夏天，還有紅蜻蜓飛舞，有時停在人們的帽子或手上，有時甚至會停在眼鏡框上，和都市的蜻蜓有雲泥之別。

但是眼前的成群蜻蜓，似乎正被什麼追得走投無路。也像是害怕會被天還沒黑就已暗沉的杉林抹消牠們的身影。

遠山在夕陽照耀下，可以清楚看見從山峰逐漸染上楓紅。

「人真是脆弱。聽說從腦袋到骨頭全都粉碎了。哪像熊，就算從更高的岩石摔落，據說也毫髮無傷。」島村想起今早駒子這麼說過。她指著那座山說，岩石堆那邊又發生山難了。

如果有熊那樣堅硬厚實的皮毛，人的肉體快感肯定會變得更不一樣。人們愛的是細嫩光滑的肌膚。這麼一想，望著夕陽下的群山，島村感傷地懷念起人體肌膚。

「蝴蝶蜻蜓和蟋蟀……」提早吃晚餐時也有藝妓用拙劣的三弦琴伴奏唱這首歌。

登山指南書上，只有簡單寫明路線、日程、住宿地點、費用，反而讓人可以自由幻想，島村初識駒子，也是走過殘雪萌發新綠的山間，來到這個溫泉村的時候。如今這樣看著留有自己足跡的山巒，現在正是秋天的登山季節，忍不住又想登山。遊手好閒的他，沒事找事非要辛苦爬山，簡直是徒勞的範本，卻也因此感到某種非現實的魅力。

雖然相隔遙遠時會頻頻想起駒子，可是一旦來到身旁，或許是安心了，也或許是現在已經和她的肉體太親密，懷念旁人肌膚的念頭，和感到山在呼喚他的念頭，彷彿同樣都只是一場幻夢。可能也是昨晚駒子剛留下來過夜的緣故吧。但是他獨坐寂靜中，心想不用叫駒子她也會來，除了耐心等待別無他法，然而他聽著登山健行的女學生們青春洋溢的吵鬧聲而逐漸產生睡意，於是島村早早就寢。

後來似乎下過一場陣雨。

翌晨醒來，駒子正端坐在桌前看書。外套也是銘仙布料的家居服。

「你醒了？」她平靜地說，看著島村。

「妳怎麼來了？」

「你醒了？」

島村懷疑駒子在自己不知情時前來過夜，於是環視被窩周圍，一邊拿起枕畔的手錶，原來才六點半。

「這麼早。」

「可是女服務生已經來生過火了。」

鐵壺正冒出早晨清新的水蒸氣。

「快起來。」駒子起身過來，在他枕畔坐下。動作非常像家庭婦女。島村伸個懶腰，順勢抓住她放在膝上的手，把玩她纖細手指上彈琴磨出的繭，

「我還很睏。不是才剛剛天亮嗎。」

「你一個人睡得好嗎？」

「嗯。」

「結果你還是沒有留鬍子。」

「對了，上次臨別時妳是這麼說過，叫我蓄鬍。」

「我就知道你肯定忘了，算了。你總是剃得腮幫子青青的很乾淨。」

「妳不也是，每次卸掉白粉，就像剛剛刮過臉。」

「你的臉頰好像又胖了。你皮膚白，睡覺的時候沒有鬍子好奇怪。顯得特別圓。」

「這樣比較柔和不是很好？」

「看起來靠不住。」

「真是的，原來妳一直盯著我瞧啊。」

「對。」駒子莞爾一笑點點頭，那抹淺笑突然像著火似地變成大笑，握著他手指的手也不知不覺格外用力。

「我躲在壁櫥裡。女服務生完全沒發現。」

「什麼時候？妳什麼時候躲進去的？」

「不就剛剛？女服務生來生火的時候。」

她一想起來似乎就止不住笑，連耳根都倏然發紅，於是她像要轉移注意力似的掀起被子一角搧風，

「起床。快起床。」

「會冷啦。」島村抱緊被子，

「旅館的人都已經起來了嗎？」

「不知道。我是從後面上來的。」

「從後面？」

「我從杉樹林撥開樹枝爬上來的。」

「還有那樣的路？」

「沒有路，但是比較近。」

島村吃驚地看著駒子。

「誰也不知道我來了。廚房那邊雖有動靜，但是大門還關著。」

「妳又起得這麼早。」

「我昨晚睡不著。」

「那妳知道下過陣雨嗎？」

「真的？難怪那邊的山白竹濕漉漉的，原來下過雨啊。那我要走了。你躺著再睡一覺吧。」

「我要起來了。」島村說著依舊握住她的手，猛然鑽出被窩。他直接走到窗邊，俯瞰她聲稱爬上來的地方，只見灌木叢邊緣有大片茂密的山白竹。那是連接杉林的山丘中腹，窗子正下方的田裡有白蘿蔔、地瓜、大蔥、芋頭等，雖是平凡的蔬菜，但在朝陽照耀下，他感到彷彿頭一次見識到每種葉片色彩的不同。

通往浴池的走廊上，領班正在餵泉水中的紅鯉魚。

「大概是天氣變冷，魚都不愛吃東西了。」領班對島村說完，朝著浮在水面用蠶蛹曬乾磨碎做成的魚食望了半晌。

駒子乾淨地端坐，對泡澡回來的島村說，

「這麼安靜的地方，做點針線活該多好。」

房間剛打掃過，略顯老舊的榻榻米上有秋日朝陽深深照入。

「妳還會針線活啊？」

「你很沒禮貌耶。我在兄弟姐妹中可是吃過最多苦的。仔細想想，我長大的那段時期，好像正是家境最苦的時候。」她彷彿在自言自語，卻又突然興奮地大聲說，

「女服務生剛才一臉古怪地問，『小駒妳什麼時候來的？』我也不可能每次都躲在壁櫥，真傷腦筋。我要走了。我可是很忙的。反正睡不著，我想洗頭。如果不一大早洗，等頭髮乾了再去梳頭師傅那裡，就趕不上中

午的宴會。今天這裡雖然也有宴會，可是昨晚才通知我。我已先答應別家了，所以不能來。今天是週六，真的很忙。我不能來找你玩了。」

可駒子雖然嘴上這樣說，卻毫無起身離開之意。

她打消洗頭的念頭，邀島村去後院。大概剛才就是從那裡溜進來的，只見穿廊底下還放著駒子濕搭搭的木屐和襪子。

她爬上來時走過的山白竹林看起來茂密得無法通行，於是兩人沿著田地往水聲的方向走下去，河岸形成深邃的山崖，栗子樹上傳來孩童的聲音。腳下的草叢中也掉落許多毛栗。駒子用木屐踩扁，把栗子剝出來。全是小顆栗子。

對岸陡峭的山腰是整片茅草穗，發出刺眼的銀色搖曳著。雖說顏色刺眼，卻又像飛過秋日晴空的透明幻影。

「去那邊看看吧，可以看到妳未婚夫的墓。」

駒子倏然挺直身子正視島村，手裡的一把栗子猝然扔到他臉上，

「你在耍我是吧！」

島村來不及閃躲。栗子砸到額頭發出聲音，很痛。

「跟你有什麼關係，要你去參觀墳墓。」

「妳也犯不著這麼生氣吧。」

「那件事對我而言是很嚴肅的。和你這種抱著享樂心態過日子的人不同。」

「誰抱著享樂心態過日子了。」他無力地嘀咕。

「那你幹嘛要說什麼未婚夫？我上次不是已經告訴過你那不是我的未婚夫？你忘了？」

島村當然沒忘。

「師傅她呀，或許曾經希望她兒子和我結婚。但她只是在心裡想想，從未說出口。師傅這種想法，她兒子和我都隱約知道。不過，我倆其實毫無瓜葛。因為我們不是一起長大的。我被賣去東京的時候，只有他一個人來送我。」

他記得駒子之前曾經這麼說過。

當那個男人病危時，她卻來島村的房間過夜，還豁出去似地說過，

「我高興怎樣就怎樣，一個快死的人哪還管得了我？」

更何況，駒子送島村去車站時，葉子特地跑來叫她回去，說病人的情況不對勁，駒子卻堅決不肯回去，因此好像連他最後一面也沒見到。這讓島村更加忘不了行男這個男人。

駒子總是迴避提起行男。儘管不是未婚夫，據說卻為了替行男掙醫藥費來此地當藝妓，所以對她而言肯定是一件「嚴肅的事」。

就算被扔了滿臉栗子，島村似乎也沒生氣，因此駒子一瞬間面露訝異，但她隨即渾身軟綿綿地抓著他，

「你真是老實人。有點難過吧？」

「樹上有小孩在看喔。」

「你們東京人太複雜了，我不懂。周遭太吵雜，會心不在焉吧。」

「一切都消逝不在了喔。」

「很快連命都會不在。我們去看墳墓吧。」

「也好。」

「你看吧。其實你根本不想看什麼墳墓吧？」

「是妳自己太在意了。」

「我從來沒替他上過墳，當然會在意，是真的，一次也沒有。現在師傅也和他埋在一起，所以對師傅有點愧疚，但事到如今我更不能去上墳了。那樣做沒意思。」

「我看妳比我更複雜。」

「怎麼會？人還活著時，我無法把自己的意思講清楚，所以至少對死掉的人要擺明態度。」

穿過寂靜彷彿會化為冰冷水滴滴落的杉林，沿著軌道走到滑雪場下方，立刻就是墓地。只是在田埂略為隆起的一角，樹立了十座左右的老舊石碑和地藏菩薩。光禿禿的很寒酸。沒有供奉鮮花。

然而，地藏菩薩背後的低矮樹蔭間，突然出現葉子的上半身。她也在瞬間照例露出那宛如面具的認真面孔，發亮的雙眼犀利地看過來。島村規矩一鞠躬後，就那樣站住了。

「葉子妳這麼早就來啦。我還說要去梳頭師傅那裡……」就在駒子話說到一半時，一陣黑風幾乎要把人颳走，她和島村都不由縮起身子。

是貨物列車從旁經過。

喊「姊姊」的聲音，在火車震耳欲聾的聲響中飄來。只見一個少年從黑色貨車的車門口揮舞著帽子。

「佐一郎！佐一郎！」葉子喊道。

是上次在下雪的號誌站呼喊站長的那個聲音。就像要呼喚遠方船上根本聽不見的人，聲音優美得悽愴。

貨物列車經過後，彷彿拿下了眼罩般，鐵軌對面的蕎麥花鮮明地映入眼簾。紅色莖幹上開滿碎花，異常幽靜。

意外遇到葉子，甚至令兩人都沒察覺有火車過來，但貨物列車就那樣將一切都颳走了。

之後，留下的似乎不是車輪聲，而是葉子呼喊聲的裊裊餘韻。彷彿純潔的感情發出回聲。

葉子目送火車遠去，

「我弟弟在那班車上，那我該去車站看看吧？」

「可是火車又不會在車站等妳。」駒子笑了。

「也對。」

「我絕對不會給行男上墳喔。」

葉子點點頭，有點遲疑，但她還是在墳墓前蹲下合掌。

駒子一直站著不動。

島村轉開目光望向地藏菩薩。菩薩三面皆有長臉，除了當胸合掌的一對手臂，左右各有兩隻手。

「我要去梳頭了。」駒子對葉子說，沿著田埂往村子的方向走去。

在樹幹之間像曬衣竿那樣層層綁上竹竿或木棍，用來掛上稻子曬乾，本地方言稱之為「哈忒」，看起來就像豎起高高的稻子屏風——島村他們走過的路旁，也有農民架起的哈忒。

只見穿雪褲的女孩扭腰將一束稻子扔上去後，爬到高處的男人靈巧地接住，將稻稈分開，掛在竿子上。他們俐落地一再重複那熟練自然的動作。

駒子伸掌接住哈忒垂落的稻穗，像是要掂量什麼貴重的東西，緩緩搖晃著說，

「這稻子真飽滿，摸起來就是舒服。和去年比起來大不相同。」她像在享受稻子的觸感般瞇起眼。頭頂的天空有成群麻雀低矮亂飛。

路旁牆上還留有「插秧工人工資協定。日薪九角，供伙食。女工按待

遇六成計算」這樣的舊告示。

葉子家也有哈式。房子蓋在比街道略低的田地後方，就在那院子的左邊，鄰家白牆邊的成排柿子樹上高高架著哈式。而且田地和院子的交界處，也就是和柿子樹的哈式成直角處，同樣也有哈式，一端有入口可以鑽過那稻子下方。就像小劇場門口的掛簾，只不過用的不是草簾而是稻子。田裡有乾枯的大麗花和玫瑰，前方有芋頭伸展肥大的葉片。養紅鯉的蓮花池在哈式後面，已無法看見。

去年駒子住的養蠶小閣樓，窗子也被遮住了。

葉子慍怒地低頭行個禮，鑽進稻穗入口回去。

「她現在一個人住在這裡嗎？」島村目送她有點駝背的背影。

「不見得吧。」駒子冷冰冰地說。

「唉，真討厭。算了我不去梳頭了。都是因為你多嘴，才會打擾她上墳。」

「是妳自己賭氣，不願在墳前見到她吧。」

「你根本不懂我的心情。晚點如果有空，我再去洗頭。說不定會很晚，但我一定會去找你。」

結果到了深夜三點。

猛然推開紙門的巨響驚醒島村，駒子整個人癱倒在他胸脯上，

「我說要來，不就來了嗎。哪，我說要來就來了，對吧。」她的呼吸粗重，連肚子都在劇烈起伏。

「妳醉得很厲害。」

「哪，我說要來不就來了嗎。」

「對，妳來了。」

「來這裡的路，看不見。看不見。呼，好難受。」

「虧妳這樣還爬得上坡路。」

「不管。我已經不管了。」駒子猛然仰身打滾，島村被壓得喘不過

氣，只好準備坐起來，但由於忽然被驚醒，人還有點迷糊，結果又倒了下去，腦袋枕在熾熱的東西上令他嚇了一跳。

「怎麼像火一樣，傻瓜。」

「是嗎？小心火枕會燙傷人喔。」

「真的。」閉上雙眼，那股熱氣就沁染整個腦袋，讓島村切實感到自己活著。隨著駒子粗重的呼吸，他感到所謂的現實。那類似令人懷念的悔恨，就像已經心平氣和只等著某種報復的心情。

「我說要來不就來了嗎。」駒子只是一心一意地重複這句話，

「這下子我來過了，我要走了。我要洗頭。」

她爬起來，咕嘟咕嘟灌水。

「妳這樣怎麼回去。」

「我要回去。有人陪我。泡澡的東西到哪去了？」

島村起身開燈，駒子立刻用雙手蒙臉趴在榻榻米上。

「討厭啦。」

她穿著大圓袖的華麗夾衣搭配黑領睡衣，腰纏細帶。看不見襯裙的衣領，連光腳的邊緣都冒出醉意，縮起身子像要躲藏的模樣看起來異樣可愛。

她似乎把洗澡的東西全都隨手一扔，肥皂和梳子散落在地上。

「幫我剪掉，我帶了剪刀來。」

「妳要剪什麼？」

「剪這個。」駒子把手伸到頭髮後面，

「本來想在家剪掉頭繩，可是手不聽使喚。所以我想順便過來讓你幫我剪。」

島村撥開她的頭髮剪掉繩子。每剪一次，駒子就甩落頭髮稍微安分下來，

「現在幾點了？」

「已經三點了。」

「哎喲，這麼晚了？不能把我的真髮剪掉喔。」

「妳到底綁了多少根啊。」

他抓起的假髮根部悶濕溫熱。

「已經三點了？我陪酒回來，好像倒下就睡著了。我和朋友之前約好了，所以他們來叫我。他們現在肯定在想我跑到哪去了。」

「人家在等妳嗎？」

「在公共浴池，三個人。本來有六場筵席，但我只去了四場。下週進入賞楓季會很忙。謝謝。」她梳著解開的頭髮抬起頭，瞇著眼微微含笑，「管他的，呵呵呵，真好笑。」

然後無奈地撿起假髮。

「讓朋友等我不好意思，我該走了。待會走的時候我就不過來了。」

「妳看得見路嗎？」

「看得見。」

但她踩到裙襬差點跌倒。

早上七點和半夜三點，她在一天之內兩次在異常時間抽空來找他，想到這裡，島村感到非比尋常。

旅館領班等人把楓枝當成新年的門松那樣插在門口當裝飾。這是為了歡迎賞楓客。

語氣傲慢地指揮眾人的，是臨時顧用、拿候鳥自嘲的領班。他也是那種從新綠時節至楓紅期間在這一帶的山間溫泉工作，冬天就去熱海或長岡等伊豆的溫泉區賺錢的男人之一。每年不一定在同一家旅館工作。他四處賣弄在伊豆的繁華溫泉區工作的經驗，老是在背後批評此地接待客人的方式。他搓著手死皮賴臉拉客的嘴臉，就像是毫無誠意的乞丐。

「先生，木通果您知道嗎？要吃的話我拿去給您。」他對散步歸來的島村說，然後把果子連同藤蔓一起綁在楓枝上。

楓枝似乎是從山上砍來的，高度直達簷角，鮮豔的紅色讓玄關變得明亮，每一片葉子都大得驚人。

島村握著冰冷的木通果，驀然望向帳房，只見葉子坐在地爐旁。老闆娘正守著銅壺燙酒。葉子坐在她對面，每次老闆娘說了什麼她就用力點頭。她沒穿雪褲也沒穿外套，身上只有看似剛剛漿洗過的銘仙和服。

「她是來幫忙的？」島村若無其事地問領班。

「是，托您的福，生意太忙人手不夠。」

「和你一樣是臨時雇用的吧。」

「是。不過，她是村裡的姑娘，個性還挺特別的。」

葉子大概是在廚房工作，好像從來不會去客人房間服務。客人紛紛上門後，廚房那些女服務生的聲音也變大了，卻未聽見葉子美妙的聲音。根據負責島村房間的女服務生表示，葉子在睡前習慣在浴池中唱歌，但他也沒聽見過。

不過，想到葉子在這裡，島村不知怎的就有點顧忌，不想叫駒子來。雖然駒子對他充滿愛意，但他自身的虛無讓他覺得那也只是一種美麗的徒勞，但是反過來，也因此可以赤裸裸碰觸到駒子努力求生的生命力。他在哀憐駒子的同時，也哀憐自己。島村覺得葉子的目光就像是無情射穿那種情景的光芒，因此也被這個女人吸引。

即使島村不叫，駒子當然也照樣頻頻出現。

他要去溪流深處賞楓時，曾經路過駒子家門前，那時她聽到車聲，猜想一定是島村，連忙飛奔到門口，可他卻頭也不回地走了，事後還被她罵無情，所以如果她有被叫來旅館，她絕對不可能不來島村的房間。她去泡溫泉時也會順路過來。如果有宴會，她也會提早一小時過來，在他這裡待到女服務生喊她為止。她經常從筵席上偷溜出來，在梳妝臺前補妝，

「我現在要去工作了，因為我想做生意賺錢。好，賺錢，賺錢。」說著就站起來走了。

她帶來的琴撥或外套之類東西，總想留在他房間。

「昨晚回去一看，沒燒熱水。我只好在廚房乒乒乓乓將早上剩的味噌湯澆在飯上，配醃梅子吃。冷冰冰的。今早也沒人叫我起床。我醒來一看都十點半了，本來想七點起床過來，結果起不來。」

諸如此類的事，乃至她從哪個旅館轉檯去哪個旅館赴宴的情形都會一一報告。

「我晚點再來。」她說，喝了水起身，

「也許待會就不過來了。因為三十人的大宴會只有三個藝妓，忙得無暇分身。」

然而，沒過多久她又來了。

「累死了。三十個客人只靠我們三人應付。而且另外兩個還是最老的和最小的，我快累死了。客人好小氣，一定是什麼團體旅行。三十人的話最少該叫六個藝妓才對。看我去喝酒嚇唬他們。」

每天都這樣下去，將來不知會怎樣，駒子似乎身心都想掩飾這種隱憂，但那略顯孤獨的氣質，反而只讓她更顯風情萬種。

「走廊會吱呀作響的很丟臉。就算輕輕走也聽得出來。只要經過廚房旁，他們就會笑我說『小駒又要去茶花房嗎』。我都沒想到會這麼不自在。」

「地方小就是麻煩吧。」

「大家都已經知道了。」

「那可不妙。」

「是啊。只要稍微傳出不好的名聲，在這種小地方就完蛋了。」她說，但她立刻抬起臉微笑，

「算了，沒關係。反正我們去哪都能工作。」

她的語氣帶著坦率的真情實感，讓靠著雙親遺產無所事事的島村非常意外。

「真的。在哪賺錢其實都一樣。沒什麼好煩惱的。」

她的語氣雖然若無其事，但島村聽出女人的心聲。

「那樣也無所謂。因為能夠真正愛上人的，也只有女人了。」駒子說著，有點臉紅地低下頭。

她的後領口敞開，因此從背部到肩膀就像張開一把白色的扇子。塗抹厚重白粉的皮肉有點可悲地隆起，看似毛織品，也彷彿是動物。

「在這年頭的確是。」島村嘀咕，話語的空虛令他不寒而慄。

但駒子很單純地說，

「任何時候都是這樣喔。」

她說完抬起頭，愣怔地又補了一句，

「你不知道嗎？」

貼在背上的紅襯裙被遮住了。

島村正在翻譯的，是瓦勒里[11]和阿蘭[12]，以及俄國舞蹈最流行時那些法國文人寫的舞蹈論。他打算作為少量印行的精裝本自費出版。雖然這種書對當今日本的舞蹈界想必毫無用處，這點反而可以說讓他很安心。藉由自己的工作嘲笑自己，想必是一種撒嬌的樂趣。或許由此便可誕生他悲哀的夢幻世界。完全沒必要急著出門旅行。

他仔細觀察昆蟲是如何垂死掙扎的。

隨著秋意漸涼，死在他房間榻榻米上的昆蟲也與日俱增。翅膀堅硬的昆蟲翻身仰倒後就再也爬不起來。蜜蜂沒走兩步就摔倒，爬起來再走幾步又摔倒。就像季節更迭，是自然消亡的安靜死亡，但是這樣近距離觀察才發現昆蟲的腳和觸角都在顫動掙扎。作為這些渺小死亡的場所，八帖的榻榻米看起來太遼闊了。

有時島村伸指拎起蟲屍想扔掉，也會忽然想起留在家中的孩子們。

他看到有的飛蛾一直停在紗窗上，這才發現牠已經死了，如枯葉飄落。也有從牆上掉下來的。撿起一看，島村想，為何造型會如此精美呢？那個防蟲的鐵絲網也被卸下了。蟲聲徹底寂靜。

縣界群山的鏽紅色漸深，夕陽下猶如略顯冰冷的礦石發出暗光，旅館正擠滿賞楓的客人。

「今天我大概來不了。因為有本地人的宴會。」當晚駒子來到島村的房間交待一聲就走了，之後大宴會廳傳來鼓聲和女人的尖聲，就在最熱鬧時，從意料之外的近處響起清亮的聲音，

「不好意思，打擾一下。」是葉子。

「那個，小駒說要給您。」

葉子站著像郵差一樣直接伸出手，隨即慌忙跪地行禮。等島村打開那

11 瓦勒里（Paul Valery, 1871-1945），法國象徵派詩人，評論家。著有多本舞蹈論。

12 阿蘭（Alain，本名 Emile Chartier, 1868-1951），法國思想家。著作《諸藝術之體系》中有一整章都在談論舞蹈。

個打結的字條時，葉子已經消失。甚至來不及跟她說句話。

「現在鬧得很快活，我喝了酒。」紙上只用醉醺醺的字跡寫著這行字。但是不到十分鐘，駒子就踩著凌亂的腳步聲進來了，

「剛才那孩子有送什麼來嗎？」

「來過了。」

「是喔？」她開心地瞇起一隻眼，

「呼，真舒服。我說要去叫酒，偷偷溜出來的。被領班看見挨了罵。喝酒真好，就算挨罵，也不在意腳步聲了。啊，真討厭。來到這裡，忽然醉了。我待會還要去工作呢。」

「妳連指尖都紅了。」

「好，繼續工作！那孩子說了什麼嗎？那是個可怕的醋罈子，你知道嗎？」

「妳說誰？」

「小心會被殺掉喔。」

「那女孩也在幫忙吧。」

「她負責送酒來，站在走廊的陰影中看得目不轉睛呢。兩眼發出精光。你喜歡那種眼睛吧？」

「她一定是覺得那情景太下流才盯著看。」

「所以我才寫了字條給你，叫她送過來。我想喝水，給我水。到底是誰下流，女人在沒有被人追求墜入情網前是不會知道的。我醉了嗎？」她搖搖欲墜地抓著梳妝臺兩端湊近鏡子，隨即凜然一甩裙擺就走了。

之後宴會好像結束了，忽然變得安靜，遠處傳來杯盤碰撞聲，他猜想駒子大概也被客人帶去別的旅館喝第二攤了，沒想到葉子又送來駒子的字條。

「我不去山風館了，現在要去梅花房，散場後再去找你，晚安。」

島村有點難為情地苦笑，

「謝謝妳。妳是來做幫工？」

「對。」葉子點頭，順勢又用那犀利的美麗明眸瞄了島村一眼。島村有點狼狽。

過去幾次偶遇，每次都留下感動的印象，如今這個女孩安穩無事地坐在他面前，反而讓他莫名不安。她過於嚴肅認真的舉止，總是看似正處於異常事態中。

「好像很忙呢。」

「對。不過，我什麼都不會。」

「我們已經遇見好幾次了。第一次是在妳陪同病人返鄉的火車上，妳託付站長照顧妳弟弟，妳還記得嗎？」

「記得。」

「聽說妳睡前會在浴池中唱歌？」

「哎喲，這麼沒規矩都被知道了，真丟臉。」她的聲音驚人地優美。

「我總覺得好像對妳無所不知。」

「真的嗎？是聽小駒說的？」

「她從來不說。甚至很排斥提起妳。」

「這樣啊。」葉子悄然把臉往旁一扭，

「小駒或許覺得無所謂，但她太可憐了，請您好好對待她。」

她說得很快，最後聲音微微顫抖。

「可是，我什麼都不能給她。」

葉子如今似乎連身體都在顫抖了。島村從那張彷彿有危險光芒逼近的臉孔轉開視線，笑著說，

「或許我應該早點回東京比較好。」

「我也要去東京。」

「什麼時候？」

「隨時都可以。」

「那麼，我走的時候帶妳一起走吧？」

「好啊，請帶我一起走。」她用若無其事卻很認真的聲音說，令島村很驚訝。

「只要妳的家人同意就好。」

「我的家人只有一個在鐵路局上班的弟弟，所以我自己決定就行了。」

「妳去東京有人可以投靠嗎？」

「沒有。」

「妳和她商量過了嗎？」

「您說小駒？小駒太可恨了我才不要告訴她。」

說著，也許是放鬆了戒心，葉子用略微濕潤的眼睛仰望他，令島村感到一種奇怪的魅力，不知怎的，他反而對駒子燃起狂熱的愛情。帶著來歷不明的女孩像私奔一樣回東京，或許也是一種對駒子強烈謝罪的方法。同時也像是某種懲罰。

「妳就這樣和男人走都不害怕嗎？」

「有什麼好怕的？」

「妳在東京後暫時要在哪落腳，或者去東京想做什麼事，這些起碼得先決定，否則很危險吧。」

「我一個女人怎樣都有辦法生存。」葉子說話時語尾優美地揚起，凝視著島村說，

「您不能雇用我當女傭嗎？」

「怎麼，妳要做女傭？」

「我其實討厭做女傭。」

「之前在東京時，妳是做什麼的？」

「護士。」

「在醫院或學校裡？」

「沒有，只是我想當護士而已。」

島村又想起葉子在火車上照顧師傅兒子的模樣，在那種認真中原來也

流露了葉子的志向啊，他不禁微笑。

「那麼這次妳也想繼續學習當護士？」

「我不會再當護士了。」

「妳這樣無依無靠不行喔。」

「哎喲，什麼依靠，少來了。」葉子反彈似地笑了。

她的笑聲也同樣高亢清亮得悲傷，因此聽來並不痴傻。但那聲音空虛地敲打島村的心殼後就消失了。

「有什麼好笑的？」

「因為我只照顧過一個病人。」

「啊？」

「我再也做不了護士了。」

「是嗎。」島村再次感到驚愕，靜靜地說。

「聽說妳每天都會去蕎麥田下方的墓地上墳。」

「對。」

「妳認為妳這輩子，都不可能再照顧別的病人，也不可能給別人上墳了？」

「對。」

「那妳還能離開他的墳去東京？」

「哎喲，對不起。請帶我去。」

「駒子說，妳很愛吃醋。那個男人不是駒子的未婚夫嗎？」

「您說行男？騙人，才不是。」

「那妳為什麼說駒子可恨？」

「小駒？」葉子的語氣就像喊在場的人，兩眼發光地瞪視島村。

「請好好對待小駒。」

「我什麼都不能給她。」

葉子的眼頭湧現淚水，抓起掉在榻榻米上的小飛蛾抽泣說，

「小駒說我會發瘋。」說完就跑出房間。

島村感到一陣寒意。

他開窗想扔掉葉子捏死的飛蛾，只見喝醉的駒子像要逼得客人走投無路般弓腰拼命划拳。天空陰霾。島村去了室內浴池。

葉子帶著旅館的小孩進了隔壁的女浴池。

聽著葉子幫小孩脫衣服，替小孩洗澡時異常親切的口吻，就像新手媽媽的甜美嗓音讓他感到很愉悅。

然後她用那甜美的聲音開始唱歌。

……………

……………

去屋後一瞧

有三棵梨樹

有三棵杉樹
加起來六棵
下面有烏鴉
烏鴉在築巢
上面有麻雀
麻雀在築巢
林中的螽斯
為何一直叫
阿杉給朋友上墳
墳墓一個一個又一個

拍皮球歌那種幼稚快速又生動活潑的調子，讓島村覺得剛才的葉子簡直像一場夢。

葉子不停對小孩說話，即便洗完離去後，聲音仍如笛聲般縈繞不去，發出烏光的老舊玄關木頭地板上，桐木三弦琴盒斜倚一隅，在秋夜裡靜謐無聲，那種情景也莫名觸動島村，他正在辨識琴盒上的藝妓名字時，駒子從清洗餐具的聲音那頭出現了。

「你在看什麼？」

「這個人今晚留下過夜？」

「誰？噢，你說這個？你真傻，誰會天天帶著這種東西到處走啊。有時會放在這裡好幾天呢。」她說完一笑，痛苦地長吐一口氣閉上眼，鬆開衣領踉蹌靠向島村。

「欸，你送我回去。」

「用不著回去吧？」

「不行，不行，我要回去。本地人的宴會，大家都跟著去第二攤了，只有我留下。之前這裡有宴會還好說，但是朋友散場後會去找我泡溫泉，我如果不在家，那就太說不過去了。」

明明醉得很厲害，駒子卻在陡峭的坡路上健步如飛。

「你把那孩子惹哭了吧。」

「對了，她好像的確有點瘋癲。」

「那樣看待別人，有意思嗎？」

「這話不是妳自己說的嗎？她好像是想起妳曾說過她會發瘋，這才氣惱地哭出來喔。」

「那就算了。」

「可是還不到十分鐘，她已經在浴池放聲唱起歌了。」

「在浴池中唱歌是她的習慣。」

「她還認真拜託我，叫我好好對待妳。」

「傻瓜，不過，那種事你也犯不著向我吹噓吧。」

「吹噓？每次一說到那女孩，不知怎的妳好像就會特別賭氣。」

「你想要她？」

「看吧，妳又說這種話了。」

「我不是開玩笑喔。看著那孩子，我總覺得她將來會變成我的沉重包袱。我就是有這種直覺。你如果中意她，不妨仔細觀察她。肯定也會這麼認為。」駒子把手搭在島村的肩上依偎過來，突然又搖頭，

「不對。如果有你這種人照顧，她說不定不會發瘋。你能幫我把這個包袱帶走嗎？」

「妳別鬧了。」

「你以為我是喝醉了胡說八道？只要想到那孩子在你身旁被你寵愛，我就能在這山中放蕩墮落。那才痛快。」

「喂。」

「你別管我。」她小跑步逃開，狠狠撞上遮雨板，那裡正是駒子的家。

「人家一定以為妳今晚不回來了。」
「沒事，我來開門。」
駒子抬起發出乾澀噪音的門板下端拉開門，同時低語著，
「你也進來坐坐。」
「可是都這麼晚了。」
「反正屋裡的人都睡著了。」
島村有點退縮。
「那我送你回去。」
「不用了。」
「不行。你還沒看過我這次的房間呢。」
從後門一進去，眼前就是一家人躺得橫七豎八的睡姿。並排的被子像是用這一帶慣穿的雪褲那種棉布做的，而且已褪色變得硬梆梆，屋主夫妻和十七、八歲的女孩領頭的五、六個孩子，在昏黃燈光下把臉各自扭向不

同方向的睡姿，寒酸中也蘊藏強悍的生命力。

鼾聲的熱氣彷彿撲面而來，島村忍不住想退出去，但駒子已把後面的門用力關上，毫不在乎腳步聲地走過木頭地板，島村只好也躡足走過小孩的枕邊，頓時有種古怪的快感震顫心頭。

「你在這等一下。我去開二樓的燈。」

「不用了。」島村走上漆黑的梯子。轉頭一看，那些純樸睡顏的另一頭可以看見賣零食的店面。

農家常見的二樓鋪著舊榻榻米，有四個房間。

「就我一個人住，說寬敞倒是很寬敞。」駒子說，但紙門全都敞著，只見那頭的房間堆滿舊家具，發黑的門內，鋪著一個駒子的小被窩，牆上掛著赴宴的衣服，就像狐狸窩一樣荒蕪。

駒子在地上拘謹端坐，把唯一一個坐墊給島村，

「哇，臉好紅。」她攬鏡自照。

「我醉得這麼厲害嗎？」

接著她翻找衣櫃上方，

「你看，我的日記。」

「數量不少呢。」

她從旁取出貼著彩紙裝飾的小盒子，裡面塞滿各種香菸。

「客人給的香菸我都會塞進袖子或夾在腰帶裡帶回來，所以變得這樣皺巴巴，但是不髒喔。而且一般市面上的牌子這裡都有。」她在島村面前伸手翻著盒子裡的香菸給他看。

「唉呀，沒火柴。因為我戒菸後用不到了。」

「沒關係。妳在縫衣服？」

「對，可是忙著接待賞楓客，都沒時間繼續縫。」駒子轉身，把衣櫃前的針線布料推到一旁。

疑似駒子東京生活紀念品的漂亮木紋衣櫃和奢華的朱漆針線盒，雖然和之前住在師傅家那個舊紙箱似的小閣樓時沒兩樣，但擺在這荒蕪的二樓卻顯得淒涼可憐。

電燈垂下的細繩直達枕上。

「睡前看書時，扯這根繩子就能關燈了。」駒子說著把玩那繩子，但她像良家婦女一樣端莊坐著，有點害羞。

「簡直像狐狸成親的嫁妝。」

「真的。」

「妳要在這個房間住四年？」

「不過，一轉眼都已經過了半年了。很快啦。」

好像可以聽見樓下那些人的鼾聲，而且也沒話題了，於是島村匆匆起身。

駒子一邊關門，一邊伸頭仰望天空，

「看樣子快下雪了。賞楓季節也要結束了。」說著，她又走到門外，

「此處遍地是山村，楓紅猶在已落雪[13]。」

「那我走了，晚安。」

「我送你。就送到旅館門口。」

但她最後還是和島村一起走進旅館，說聲「晚安」後，不知跑到哪去了，過了一會端來兩杯盛滿的冷酒，一走進他房間就激動地說，

「來，喝吧，喝酒。」

「旅館的人都睡了，妳從哪弄來的酒？」

「沒關係，我知道哪裡有酒。」

駒子似乎在倒酒時就已先喝過了，又恢復剛才的醉意瞇起眼盯著酒從杯子灑出，

「不過，在黑暗中喝酒一點也不好喝。」

13 這是淨琉璃〈箱根靈驗躄仇討〉這齣戲曲中，主角勝五郎之妻初花念的著名臺詞。

島村也毫不扭捏地端起她推過來的冷酒喝下。

這點小酒不可能喝醉，但或許是剛剛在外面走路時受了涼，他突然感到噁心想吐，腦袋發暈。自己都能感覺臉色發白，於是他閉眼躺下，駒子連忙過來照顧他，最後島村對女人溫熱的身體徹底感到幼稚的安心。

駒子逐漸有點不自在，動作就像是還沒生過小孩的黃花閨女抱著別人的小孩。她抬起頭彷彿正凝視小孩入眠。

過了一會島村冷不防地說，

「妳是個好女孩。」

「怎麼說？我哪裡好？」

「妳是好女孩。」

「真的？討厭，你胡說什麼啦。清醒點好嗎。」駒子把臉往旁一扭，搖晃著島村，斷斷續續說完，沉默許久。

之後她獨自抿嘴一笑，

「這樣不好。我會很難過，你走吧。我已經沒有衣服可穿了。每次來你這裡，我都想換件不一樣的赴宴裝，結果每件都穿過了，這件還是向朋友借的。我很壞吧？」

島村無言以對。

「像我這樣，哪裡算好？」駒子的聲音略帶哽咽，「第一次見面時，我覺得你這人真討厭。沒見過講話這麼沒禮貌的人。真的很討厭。」

島村點頭。

「哎喲，可我為何一直沒說，你懂嗎？如果讓女人說出這種話就完了。」

「沒關係。」

「真的？」駒子像是要回顧自己的過去，沉默良久。島村溫暖地感受到一個女人的生命。

「妳是好女人。」

「哪裡好？」

「妳是好女人。」

「你真是怪人。」她說著，笑得抖動肩膀藏起臉，不知怎麼想的，突然氣呼呼地支肘抬起頭，

「那是什麼意思？你說，你什麼意思？」

島村吃驚地看著駒子。

「你說啊。所以才一直跟我來往？你在嘲笑我吧。你果然在笑我。」

她滿臉通紅地瞪著島村質問，肩膀逐漸因激怒而顫抖，臉色倏然發白後，潸然落下淚水。

「真不甘心，啊，氣死人了。」說著，她滾出被窩，背對他坐著。

島村猜到駒子是會錯意，愕然心頭一痛，但他還是閉著眼不吭聲。

「好傷心。」

間。

駒子喃喃自語，拱起身子趴伏。

或許是哭累了，她開始嘀嘀咕咕拿銀簪戳榻榻米，之後猝然離開房間。

島村無法去追她。被駒子這麼指控，他內心十分愧疚。

但是駒子似乎立刻又躡足回來了，從拉門外高聲呼喚，

「欸，要不要去泡溫泉？」

「好。」

「對不起。我想通了。」

她一直躲在走廊，也不肯進房間，等島村拿著毛巾出來了，駒子不肯和他對上眼，略為低頭走在前面。她就像是罪行曝光被拖走的犯人，但是等到溫泉暖熱了身子，她又變得活潑得令人心痛，絲毫不肯睡。

隔天早上，島村在歌聲中醒來。

他靜靜聽了一會，駒子從梳妝臺前轉身，嫣然一笑說，

「是梅花房的客人。昨晚宴會後我不是被叫去了嗎？」
「是歌謠會的團體旅行吧。」
「對。」
「下雪了吧？」
「對。」駒子起身，拉開門給他看。
「賞楓季已經結束了。」
框在窗中的那方灰色天空，有大片雪花朝這邊飄來。感覺就像安靜的假象。島村帶著睡眠不足的空虛茫然眺望。
歌謠會的人也在打鼓。
島村想起去年年底那個朝雪的鏡面，不禁朝梳妝臺望去，鏡中仍有大片雪花的冰冷花瓣浮現，敞開領口擦脖子的駒子周遭，漂浮著白線。
駒子的肌膚潔淨得如剛洗滌過，實在不像是因為島村一句無心之言就那樣誤會的女人，反而看似有種身不由己的悲哀。

遠處楓葉的鏽紅色一天比一天暗淡的山上，已換上鮮明的初雪。掛著淺淺積雪的杉林，每棵杉樹的輪廓格外清晰顯眼，聳立在雪地上尖銳地指向天空。

在雪中纖絲，在雪中紡織，用雪水漂洗，在雪上晾曬。從開始纖絲到織成布匹，一切都在雪中進行。昔人[14]也在書上說，有雪才有縐麻，雪堪稱縐麻之母。

山村女子在漫長雪季做出的手工藝，就是這雪國的縐麻，島村也去舊衣店找來當成夏衣穿。由於有舞蹈那邊的人脈，他也知道哪裡有賣古典能劇舞臺裝之類的舊貨，他對這種布料的喜愛，甚至讓他拜託店主有好貨色時一定要給他看，而且也拿來當作貼身的單衣穿。

14 昔人，指鈴木牧之（1770-1842），晚年著有《北越雪譜》，細述北越的庶民生活。

據說以前每到雪融春來，終於可以拆下擋雪簾子的時節，就有縐麻市集。從三大都市遠道前來買布的布莊老闆甚至有固定住宿的旅館，女孩們耗費半年精心紡織也是為了這個市集，因此遠近村莊的男男女女都會蜂擁而來，路旁是成排雜耍表演和賣貨的攤子，據說就像城裡辦廟會一樣熱鬧。布匹上會有寫著紡織者姓名地址的紙條，人們還會就布匹好壞評定名次。這也被當作選媳婦的標準。如果不是從小開始學，而且是十五、六歲至二十四、五歲的年輕女子，絕對織不出好布料。年長之後織出的布面就會失去光澤。女孩們為了成為數一數二的織布高手想必會精心磨練手藝，從農曆十月開始繅絲到隔年二月中旬曬完布，這是在別無他事可做的漫長雪季耗費光陰完成的手工藝，因此自然格外用心，對成品想必也投入不少感情。

島村穿的縐麻之中，說不定就有明治初期至江戶末期的女孩紡織的。

島村至今還是會把自己的縐麻拿出來「曬雪」。不知被誰穿過的舊衣服，每年送回產地晾曬雖然很麻煩，但是想到昔日女子在雪季閉門工作耗費的心血，還是會想在那個織女的家鄉用真正的曬法對待衣服。光是想像朝陽照耀深厚積雪上晾曬的白色縐麻，不知是積雪還是布料染上紅色的情景，彷彿就能洗滌夏季的污垢，就像自身被晾曬一樣舒暢。不過那都是交由東京的舊衣店代為處理，現在是否還遵循古早的曬衣方法，島村就不得而知了。

曬衣店自古就有。織女很少會在自己家中晾曬，多半送去曬衣店。白縐麻是織成布匹後晾曬，有色的縐麻則是紡成麻紗後掛在木架上晾曬。白縐麻就直接攤在雪上曬。由於是在農曆一、二月之間晾曬，因此據說也會把覆蓋積雪的田地當成曬衣場。

無論是布或紗線，都得徹夜浸泡鹼水後，隔天早上反覆漂洗多次再扭乾晾曬。這樣要重複好幾天。昔人也曾寫道，等到白縐麻終於要曬好時，朝陽升起，滿目火紅的風景難以形容，真想讓南國居民也一睹盛況。同時，縐麻曬完想必也是雪國春日已近的信號。

縐麻的產地離這個溫泉村很近。就在山谷逐漸開闊的下游平野，從島村的房間應該也看得見。昔日據說有縐麻市集的城鎮，都有了火車站，如今已成為知名的紡織工業區。

但是無論在島村穿縐麻的盛夏或者織布的寒冬，他都沒來過這個溫泉村，因此沒機會對駒子提起縐麻。

然而聽著葉子在浴池唱的歌，他忽然感到，如果這個女孩生在古代，或許也會在紡車或織布機前那樣唱歌。葉子的歌聲聽來就有那種韻味。

比毛線還細的麻紗，沒有天然的雪地濕氣就難以搓和，因此據說陰冷的季節最適合它，古人也有冬天織的麻布在夏天穿來涼爽是陰陽自然規律的說法。纏著島村不放的駒子身上，似乎也有某種根本的涼意。因此島村對於駒子體內的熱情也格外憐憫。

但這種喜愛想必還不如一匹縐麻能留下明確的形跡。布料在工藝品中算是壽命最短，不過如果好好保存，五十年甚至更久之前的布料也能繼續穿著不會褪色，然而人們朝夕相處的感情恐怕還不及縐麻的壽命。當他這樣茫然思索之際，駒子替別的男人生孩子當了媽媽的模樣不意間浮現，島村不禁驚愕地四下張望。他想自己大概是累了。

他已逗留太久，彷彿忘記回到妻兒身邊。不是因為離不開也不是因為不忍離別，但他已習慣等待駒子的頻繁來訪。而且駒子逼得越緊，島村就越有一種自己彷彿是行屍走肉的自責。說穿了，他是眼看著自己寂寞，卻只是默默無為。島村難以理解駒子怎會深陷在對自己的感情中。駒子的一切島村都了解，島村的一切駒子卻永遠不可能了解。島村聽著駒子撞上虛無牆壁發出空洞回音似的聲音，就像雪花紛紛飄落在自己內心深處。島村的這種自私不可能長久持續下去。

島村覺得這次走後恐怕不會再來這個溫泉村了，他靠向預告雪季已近的火盆，旅館老闆特地取出的京都製古老鐵壺，發出柔和的松風[15]聲。壺身精巧地鑲嵌著銀色花鳥。松風聲有二重，可以聽出有遠有近，但比遠處的松風更遠處好像有小鈴鐺在微微鳴響。島村把耳朵貼近鐵壺傾聽那鈴聲。在鈴聲頻頻響起的遠處，他忽然看見駒子像鈴聲那樣微微顫動著走來的小巧雙足。島村訝然，暗自決定自己非離開不可了。

　　這時島村忽然起意去縐麻的產地看看。一方面也是打算給自己製造一個離開溫泉村的契機。

　　但是下游有好幾個城鎮，島村不知該去哪個才好。他想看的並非現已發展成紡織工業區的大城市，因此他反而在看似冷清的車站下車。走了一會，來到似乎是昔日驛站的街道。

　　家家戶戶都伸出長長的屋簷，支撐簷角的柱子在路旁林立。有點像江戶時代稱為「店下」的騎樓，但此地自古以來好像稱之為「雁木」，成了雪深時期的來往通道。一邊是成排屋宇，只見這種屋簷綿延不絕。

由於戶戶相連，屋頂的積雪除了推落路中央外沒別處可扔。實際上也的確是從大屋頂拋向路上的雪堤。要去馬路另一頭時就挖穿雪堤形成隧道。在此地據說叫做「胎內穿」。

同樣都是雪國，但駒子待的溫泉村沒有連綿的屋簷，因此島村是在這裡第一次看到雁木。他好奇地試著在那底下走了一會。古老的簷蔭很暗。歪斜的柱子根部甚至已腐朽。彷彿可以窺見代代祖傳被大雪覆蓋的陰森屋內。

織女們在大雪底下埋頭做手工的生活，並不像織成的縐麻那樣光鮮清爽。這個老鎮的印象足以令人這麼想。昔人提及縐麻的書上也曾引用唐朝秦韜玉的詩[16]，據說之所以沒有雇用織女專門紡織的織戶，是因為要織出一匹布太費事，在經濟上不划算。

15 松風，茶人將煮茶水沸的聲音稱為「松風」。

16 秦韜玉的詩，指其詩作〈貧女〉其中一句「苦恨年年壓金線，為他人作嫁衣裳」。

那樣辛勞的無名織工早已逝去，只留下美麗的縐麻。因著夏日涼爽的觸感而成為島村這些人的奢華衣物。對於這點被視作尋常，島村忽覺不可思議。一心投入愛情的結局或許也會在將來的某時某地鞭笞某人嗎？島村從雁木底下走到路上。

這是很有驛站主幹道風格的筆直長街。想必是從溫泉村一路延伸的舊街道。木板屋頂的橫木條和鋪石也和溫泉鎮一樣。

簷柱落下淡影。不知不覺已近黃昏。

沒什麼可參觀的，於是島村又坐上火車，在另一個城鎮下車。結果和前一個城鎮差不多。他還是四處閒逛，只吃了一碗烏龍麵禦寒。

麵店位於河岸，這條河大概也是從溫泉區流過來的。只見尼姑三三兩兩絡繹過橋。她們穿著草鞋，其中也有人揹著圓頂斗笠，似乎是化緣歸來。就像烏鴉趕著歸巢。

「路過的尼姑不少吧？」島村問麵店的女人。

「對，這後面就有尼庵。等到下雪了，要從山裡出來恐怕就不好走了。」

橋那頭逐漸籠罩暮色的山脈已泛白。

在此地，等到葉落風冷時就天天都是寒冷的陰天。這表示快下雪了。遠近的高山變得白茫茫，這叫做「岳環」。而且海上有海鳴，山間深處有山鳴，宛如遠方雷聲，這叫做「胴鳴」。看到岳環，聽見胴鳴，就知道雪季不遠了。島村想起以前的書上是這麼寫的。

島村早上在被窩聽見賞楓客唱歌謠的那天下了第一場雪。不知今年是否也已有山海齊鳴。島村在獨自旅行的溫泉村頻繁與駒子見面的過程中，聽覺或許變得異常敏銳，只是想到山海的鳴聲，那種遠鳴彷彿就已貫穿耳底。

「尼姑們接下來也要過冬了吧。大概有多少人？」

「誰知道，應該很多吧。」

「一群尼姑聚在一起，長達好幾個月的雪季都在做什麼呢？以前這一帶都是織綹麻的，尼庵倒不如也織織那個。」

對於島村好奇的詢問，麵店的女人只是報以淺笑。

島村在車站等候回程的火車等了快兩小時。光芒微弱的夕陽下山後，寒氣彷彿要擦亮星子般越發凌厲，凍得他兩腳發冷。

也不知這趟出去到底是幹嘛，島村就這樣又回到溫泉村。車子越過平交道來到神社的杉林旁，眼前有一戶人家亮著燈，島村鬆了一口氣，這才發現那是菊村餐館，門口有三、四名藝妓站著說話。

他剛猜想駒子不知在不在，就已看見駒子。

車子突然減速。早就知道島村和駒子關係的司機，似乎刻意放慢車速。

島村忽然轉頭望向駒子的反方向。他搭乘的汽車在雪地上留下清楚的痕跡，星光下意外地直到遠處都看得見。

車子來到駒子面前。駒子倏然閉了一下眼，隨即撲向車子。車子沒停，就這樣安靜地上坡。駒子蹲在車門外的踏板，緊抓車門的把手。

雖然駒子來勢洶洶撲過來抓著不放，島村卻覺得彷彿被軟綿綿熱呼呼的東西依偎，駒子的行為奇異地並未讓他感到危險。駒子抬起一隻手抱住車窗。袖口滑落，隔著厚厚的玻璃窗露出長襯裙的顏色，深深烙印在凍僵的島村眼底。

駒子把額頭貼在車窗上，

「你到哪去了？欸，你到哪去了？」她高聲大喊。

「這樣很危險。妳太胡鬧了。」島村也高聲回答，但這只是兩人甜蜜的小遊戲。

駒子拉開車門側身倒進來。這時車子已經停了。原來已來到山腳下。

「欸，你到哪去了？」

「嗯，隨便走走。」

「到底是哪？」

「沒有特別去哪。」

駒子理平裙擺的動作很有藝妓風範，有時在島村看來很稀奇。

司機一直沒動。車就這麼停在道路盡頭，島村察覺這樣乾坐著也很奇怪，

「下車吧。」

駒子的手覆在島村的膝上，

「哎喲，好冷。這麼冷。你為什麼不帶我去？」

「說得也是。」

「什麼啦？真是怪人。」

駒子開心地笑了，走上陡峭的石階小路。

「你走的時候，我都看見了。大概是快兩點還三點的時候吧？」

「嗯。」

「我聽到車聲所以出去看。我去門口了喔。可是你根本沒回頭看吧？」

「啊？」

「你沒看。你為什麼沒有回頭？」

島村很驚訝。

「你不知道我在目送你離開嗎？」

「不知道。」

「你看吧。」駒子說著，還是開心地含笑。然後把肩膀湊過來。

「你為什麼不帶我去？你變冷淡了，我可不依喔。」

突然響起火警鐘聲。

兩人一轉頭齊聲驚呼，

「失火了，失火了！」

「失火了。」

火焰是從下面村子的中央冒出。

駒子叫了兩三聲，抓著島村的手。

濃濃黑煙中隱約可見火舌。那火舌似乎正往旁邊四處席捲房屋。

「不知起火點在哪，妳以前那個師傅的家，應該離那裡很近吧？」

「才不是。」

「在哪一帶？」

「在更上面。靠近火車站。」

火焰穿過屋頂沖天而起。

「哎喲，是繭倉。是繭倉。哎呀，哎呀，繭倉燒起來了。」駒子說著把臉頰貼在島村的肩頭。

「是繭倉，是繭倉。」

火越燒越旺，但是從高處俯瞰遼闊的星空下，就像玩具火災一樣悄然無聲。卻又彷彿能夠感受到烈焰聲那種可怕。島村摟著駒子。

「這有什麼好怕的。」

「不，不，不。」駒子拼命搖頭哭了出來。她的臉在島村的手心裡彷彿比平時更小。緊繃的太陽穴在顫抖。

她看到失火就哭了，但島村並未狐疑她哭什麼，只是抱著她。

駒子忽然停止哭泣，把臉離開他，

「哎呀，我想起來了，繭倉要放映電影，就是今晚，裡面一定擠滿了人你知道嗎……」

「那可麻煩了。」

「一定有人受傷。會被燒死的。」

兩人慌忙跑上石階。因為上方傳來吵雜聲。抬頭一看，高聳的旅館二樓和三樓，幾乎所有房間的人都拉開門窗，跑到明亮的走廊圍觀火災。院子角落成排乾枯的菊花在不知是旅館燈光還是星光中浮現輪廓，彷彿倏然映現火災。在那菊花的後方也有人站著。兩人的頭上，旅館的領班等三、四人正連滾帶爬地衝下來。駒子揚聲說，

「我問你，是繭倉失火嗎？」

「是繭倉。」

「有人受傷嗎？沒人受傷吧？」

「正在陸續救出來。是電影底片忽然燒起來，火勢蔓延得很快。我是在電話裡聽說的。妳看那邊。」領班劈頭就舉起一隻手走了。

「聽說小孩都是從二樓一個接一個丟下來的。」

「天啊，怎麼辦。」駒子追著領班也走下石階。後面不斷有人下來追過她。駒子也跟著跑了起來。島村連忙追去。

到了石階下方，火勢被房屋遮住，只能看見頂端的火苗，由於警鐘一直響，更添悽惶不安。

「雪都凍結了，要小心喔。路上滑。」駒子轉頭對島村說，順勢停下腳，

「可是，對了，我看你就不用去了。我擔心的是村裡人。」

被她這麼一說的確是。島村錯愕之際，腳下看見鐵軌。原來已來到平交道前。

「是銀河。好美喔。」

駒子呢喃著，仰望著天空再次拔腿就跑。

「啊，是銀河。」島村也仰起頭，頓時身體好像朝著銀河飄然浮起。銀河的星光近得幾乎可以將島村托起。旅途中的芭蕉[17]在怒濤洶湧的海上看到的，或許就是這樣璀璨的壯闊銀河。赤裸的銀河低垂眼前，彷彿要以裸膚包覆夜晚的大地，明豔得可怕。島村感到自己渺小的影子從地面倒映銀河。銀河無數星子不僅一一清晰可見，有些地方連光雲的銀色粒子都粒粒分明，非常澄澈乾淨，而且銀河無底的深邃還將視線吸了進去。

「喂！喂！」島村呼喚駒子。

「我在這裡！你快來！」

駒子已經跑向銀河垂落的黑暗群山。

17 指俳人松尾芭蕉（1644-1694）吟詠的那句「銀河浩瀚，橫越怒海與佐渡」。

她似乎拎起裙擺，每次手臂甩動，就會看到紅色裙擺忽現忽隱。在星光照亮的雪地上可以看出是紅色。

島村拔腳追過去。

駒子放慢腳步，鬆開裙擺拉住島村的手。

「你也要去？」

「嗯。」

「你真愛湊熱鬧。」她說著，拎起落在雪上的裙擺，

「我會被人笑話的，你還是回去吧。」

「嗯，我走到前面就不過去了。」

「這樣多不好？連去火場也帶著你，對村裡的人不好意思。」

島村點頭停下腳步，駒子卻還輕輕拽著島村的袖子慢吞吞邁步。

「你先找個地方等我。我馬上回來。在哪裡好呢？」

「在哪都行。」

「那就……再過去一點。」駒子湊近島村的臉，忽然搖頭，

「真是夠了。」

駒子的身體用力撞過來。島村晃了一下差點站不穩。路旁淺淺的積雪中站著成排大蔥。

「你太無情了。」

駒子語速很快地挑釁。

「欸，你說過我是好女人對吧。要離開的人，為什麼講這種話，你能不能告訴我？」

島村想起駒子拿銀簪一下一下戳著榻榻米的情景。

「我哭了。回家之後也哭了。我害怕和你分開。但你還是早點走吧。我不會忘記自己曾被你說的話氣哭。」

想到駒子自己會錯意，反而令她刻骨銘心的那句話，島村因眷戀而心痛如絞，但這時傳來火場的人聲。新的火焰不斷噴起火星。

「哎喲，怎麼還燒得那麼厲害，火那麼大。」

兩人鬆了一口氣，像是得救般跑過去。

駒子跑得很快。穿著木屐飛也似地掠過凍結的雪地，手臂也不像是前後甩動倒像是貼在身側。胸脯看似很用力，島村暗忖沒想到她身材這麼嬌小。略胖的島村邊看駒子的身影邊跑，因此很快就喘不過氣。不過，駒子也忽然喘息，踉蹌地倒向島村。

「眼珠子凍得都要流眼淚了。」

臉頰發熱通紅，只有眼睛很冷。島村的眼皮也濕了。一眨眼，眼中就充滿銀河。島村忍住淚水不讓它掉下來，

「每晚都有這麼壯觀的銀河嗎？」

「銀河？很美吧，應該不可能每晚都有。今天天氣很晴朗。」

銀河從兩人跑來的後方流向前方，駒子的臉在銀河中彷彿被照亮。

然而，她的鼻子輪廓模糊，嘴唇也黯然失色。島村難以相信占據整片

天空橫越眼前的光帶竟然如此昏暗。大概是星光比朦朧的月夜更暗淡吧，但是銀河比任何滿月的天空都皎潔，地面毫無陰影的昏暗中，只有駒子的臉孔宛如古老的面具般浮現，散發女人的氣息，真是不可思議。

抬頭一看，銀河彷彿又要落下擁抱這大地。

也像是大片極光的銀河，浸潤島村全身流過，他彷彿聳立在世界的盡頭。雖然寂靜冰冷，卻又有點令人驚豔。

「等你走了，我就認真過日子。」駒子說著邁步走出，抬手去扶歪掉的髮髻。走了五、六步後回過頭。

「你又怎麼了？真是的。」

島村站著不動。

「這樣啊？那你等我。待會我跟你一起去旅館房間。」

駒子稍微抬起左手後就跑了。背影彷彿被晦暗的山腳吸走。銀河在那山脈起伏的盡頭張開衣襬，又反過來從那裡花團錦簇地大片擴散，因此山脈顯得更暗沉了。

島村邁步走去，不久駒子的身影就被街道的房屋遮住。

「嘿咻，嘿咻，嘿咻。」吆喝聲傳來，只見人們拖著幫浦走過街道。街道上似乎不斷有人奔跑。島村也急忙走去街道。他倆走來的路呈丁字形通往街道。

又有幫浦來了。島村讓路給他們，跟在後面奔跑。

那是老舊的手壓式木製幫浦。除了用長繩拽動幫浦的一群人，幫浦周遭也擠滿消防隊員，相形之下幫浦小得可笑。

駒子也避到路旁等幫浦來。發現島村後就一起跑。站在路旁讓路給幫浦的人們，都像被幫浦吸引般追在後面跑。如今二人只不過是奔向火場的群眾之一。

「你還是來了？真好奇。」

「嗯。這幫浦看起來靠不住啊。是明治時代前的貨色。」

「對呀。小心別摔倒。」

「路很滑。」

「對呀，今後還有整晚刮著暴風雪的時候，那時你再來試試。你肯定來不了吧。那時雉雞和野兔都會自動躲進民宅喔。」駒子說，被消防隊的吆喝聲和人們的腳步聲感染，她的聲音開朗高亢。島村也感到身子輕快。

火焰聲傳來。眼前有火舌竄起。駒子抓著島村的手肘。街道低矮的黑色屋頂隨著火光晃動像呼吸似地時而浮現，隨即淡去。腳下的路面有幫浦的水流過來。島村和駒子也自然而然在人牆中駐足。大火的燒焦味中混雜煮蠶繭那種氣味。

明明到處都有人高聲議論著是電影底片起火、人們忙著把看電影的小孩從二樓一一扔下、目前無人受傷、幸好現在村子的蠶繭和稻米都沒放在倉庫之類的話題，面對大火時卻好像都保持沉默，有種貫穿遠近中心的沉靜統一了火場。彷彿在專心傾聽火聲和幫浦聲。

不時有遲來的村民趕到，四處呼喚親人的名字。有人回應，喜悅地互相叫喚。只有那些聲音聽來特別生動。警鐘已經不響了。

島村怕被人注目，悄悄離開駒子身旁，站到一群小孩後方。火光嚇得孩子們後退。腳下的雪似乎也有點鬆軟。人牆前方的積雪被火和水融化，濕答答地留下滿地凌亂的腳印。

那是繭倉旁的田地，和島村二人一起趕來的村民大多聚集在那裡。

火苗似乎是從放映機架設的入口處冒出，繭倉有一半都已燒得令屋頂牆壁塌陷，但是樑柱之類的骨架雖冒著煙卻依然聳立。只有木板屋頂、木板牆和木板地面的屋子很空曠，因此屋內沒那麼多濃煙，澆滿水的屋頂看起來也不像會繼續燃燒，可是似乎止不住火勢蔓延，又從意想不到之處冒出火焰。三臺幫浦的水柱連忙對準那邊滅火，頓時有火星噴出冒起黑煙。

那些火星在銀河中四散，島村彷彿又被托起送上銀河。濃煙升空飄向銀河，反之銀河嘩啦啦地傾瀉而下。沒噴到屋頂的幫浦水柱搖晃，變成水霧白濛濛的，似也映現銀河星光。

駒子不知是幾時湊過來的，握住島村的手。島村轉頭看她，卻沒說話。駒子一直盯著火場，略微發紅的認真臉孔上，有火焰起伏搖曳。島村心頭忽然湧現一股激情。駒子的髮髻歪了，伸長了脖子。島村忽然很想伸手去觸摸，指尖微微顫抖。島村的手固然溫熱，但是駒子的手更熱。不知怎的，島村感到別離已迫近眼前。

入口的柱子之類又開始起火燃燒，幫浦的水柱拼命對著那邊澆，樑柱頓時咻咻冒出蒸氣開始傾斜。

人牆忽然驚叫著倒抽一口氣，只見一個女人墜落。

繭倉因為也當作劇場使用，好歹在二樓設置了簡陋的觀眾席。雖說是二樓但其實很矮。女人就是從那二樓墜落的，因此照理說瞬間就落地了，可是墜落的身影彷彿有足夠的時間讓人看清。也許是因為女人墜落的方式太不可思議，就像是假人。一眼便可看出她已昏迷。墜落時也沒有聲音。

那裡濕淋淋的，連塵埃也沒有揚起。她就墜落在別處冒出的火焰和原先火場餘燼復燃的火焰之間。

其中一臺幫浦，正對著起火點復燃的火焰斜著噴出弧形水柱，女人的身體就驀然浮現在那水柱前。就是那樣的墜落方式。女人的身體在空中保持水平。島村霍然一驚，但當下並未感到危險或恐懼。因為那像是非現實世界的幻影。僵硬的身體墜落空中後變得柔軟，卻像假人一樣毫不抵抗，那是無生命的自由，似乎生與死都已休止。若說島村曾閃現不安，大概也只是擔心水平落下的女體會不會腦袋先著地，腰部或膝蓋是否彎曲。雖然看似有那種跡象，但最後還是保持水平落地了。

「啊！」

駒子尖叫著摀住雙眼。島村眼也不眨地看著。

墜落的女人是葉子。島村是什麼時候察覺的呢？其實似乎和眾人驚呼屏息、駒子尖叫是同一瞬間。葉子的小腿肚在地上痙攣，似乎也是同一瞬間。

駒子的尖叫貫穿島村的全身。島村也和葉子的腿肚痙攣一樣，霎時竄過一陣冰冷的痙攣直達腳尖。某種難耐的痛楚與悲哀湧現，令他心跳加快。

葉子的痙攣快得幾乎無法用目光捕捉，瞬間就停了。

在痙攣之前，島村先看到的是葉子的臉孔和紅底白色箭紋的和服。葉子是仰面墜落。裙子掀到一邊膝蓋的略上方。撞擊地面後，也只有小腿肚痙攣，似乎還是沒醒。雖然島村不知為何還是沒感覺到死亡，但是他感到葉子內在生命變形的那瞬間。

葉子墜落的二樓有兩三根木頭骨架傾倒，在葉子臉孔上方開始燃燒。葉子那犀利的美麗雙眼緊閉。下巴揚起，脖子的線條伸展。火光在她慘白的臉上晃過。

島村倏然想起幾年前，他來這個溫泉村找駒子時，在那班火車上葉子的臉孔中央燃起山野燈火時的情景。島村的心頭又是一顫。一瞬間，他與駒子共度的歲月似乎也被照亮。其中同樣有難耐的痛楚與悲哀。

駒子從島村身旁衝了出去。那和她摀眼尖叫幾乎是同一瞬間，就在圍觀的人群驚叫倒抽一口氣時。

地上被水淋濕散落漆黑的餘燼，駒子就這麼拖著藝妓的長裙襬踉蹌跑去。她想把葉子抱在懷裡帶回來。在她拼命使勁的臉孔下方，葉子似乎已升天的昏迷臉孔低垂。駒子彷彿是抱著自己的犧牲或懲罰。

眾人紛紛叫喊邁步，哄然包圍二人。

「讓一讓，拜託讓一讓！」

島村聽見駒子的吶喊。

「這孩子，她瘋了，她瘋了。」

島村試圖接近這樣語帶狂亂的駒子，卻被想從駒子手中接過葉子的男人們推開差點摔倒。當他好不容易站穩抬起眼，頓時銀河似要嘩啦啦朝他體內傾瀉而下。

《雪國》後記

川端康成

一

《雪國》寫於昭和九年至十二年這四年間。就年齡而言是我三十六歲至三十九歲時，是我四十歲之前的作品。

文章並非一氣呵成，而是每次想到就寫一點，斷斷續續在雜誌刊登。因此多少可看出全文的不統一與不協調。

起初只是打算在《文藝春秋》昭和十年一月號上刊登一萬六千字左右的短篇，照理說這個題材在短篇中就該完結，可是直到《文藝春秋》的截稿日還寫不完，因此又在截稿日晚幾天的《改造》一月號繼續刊登後續內容，隨著寫這個題材的日數增加，我越發感到意猶未盡，已經和最初的計畫大不相同了。我這樣完成的作品其實不少。

為了寫這篇《雪國》的開頭，也就是昭和十年一月號的《文藝春秋》和《改造》刊登的部分，我去了這個《雪國》的溫泉旅館。在那裡自然也見到了《雪國》的駒子。或許可以說，在我寫開頭部分的同時，後面的材料就已不斷累積。而且在我寫開頭部分的時候，結尾的材料實際上尚未產生。

後來我又去了這個溫泉村，文中有些段落就是在當地寫的。因此描寫自然景觀的部分，看似憑空幻想其實或可說是寫實敘述。現在小說家已經很少仔細觀察自然再寫作了，因此有時用心寫實反而會被當成幻想。

這篇《雪國》就整體而言也是，身為作者的我有時不免會想，讀者視為寫實的部分或許是作者的幻想，讀者視為幻想的部分說不定才是事實。

《雪國》確定獲得文藝懇話會獎時，席間坐在我旁邊的宇野浩二先生彷彿把駒子當成我的親人，用「那位小姐說……」或「對於那位小姐……」這種敬語來談論駒子，令我在有點困惑的同時也愕然有所感。宇野先生甚至熱心告訴我，請我轉告「那位小姐」，研精會的樂譜比杵家彌七的樂譜好。

駒子確有其人，但葉子是虛構的。花柳章太郎先生根據寺崎浩先生的腳本演出《雪國》其中一幕時，在某本雜誌與鏑木清方先生對談中提及《雪國》，他說比起駒子，葉子的眼睛更炯炯有神，我看了之後深感疑惑。花柳先生究竟把誰當成葉子了？身為作者的我一頭霧水。或許是溫泉村的人告訴他某某人就是葉子，但我並不認識那樣的女孩。葉子是作者的虛構人物。

花柳先生來信說，想知道《雪國》的地點和模特兒以便演戲時參考，但我當然沒告訴他地名。我希望他只看小說。但花柳先生似乎還是自行摸索出地名，去了這個《雪國》的溫泉村。

隨著《雪國》受到讀者歡迎，也出現想親眼目睹地點和模特兒的好奇人士，甚至被溫泉村拿來大作宣傳。若就有模特兒這個角度而言，駒子確有其人，但小說裡的駒子和模特兒本人差異極大，或許說並無其人更正確。島村當然不是我。說穿了，他只不過是烘托駒子的道具吧。這是這篇作品的失敗，或許也是成功。作者深入書中人物駒子的內在，卻對島村輕描淡寫地背過身子。就這個角度而言，與其說我是島村，應該說我是駒子才對。寫作時我一直刻意把自己和島村分開。

《雪國》中發生的事件和感情，同樣也是想像勝過真實。尤其是感情部分，駒子的感情實則不過是我個人的感傷，我很懷疑那是否值得向人傾訴。

在我的作品中，這篇《雪國》算是格外受人青睞，我在戰時得知，日本人在國外閱讀本作似乎更能激發思鄉情懷。這加深了我的自覺。

昭和十二年由創元社出版，之後也被收入改造社出版的我個人選集及一兩本文庫本中的《雪國》其實沒寫完。雖然看起來在哪結束這篇小說皆可，但頭尾欠缺呼應，而且火災那段早在我寫到中段前就已在腦海成形，因此作品未完一直令我耿耿於懷。不過成書出版後，有一陣子也強烈感到已解決了這個作品，雖然只剩下一點卻很不好寫。

昭和十五年十二月的《公論》刊出〈雪中火災〉，接著在昭和十六年八月號的《文藝春秋》寫了〈銀河〉，但都是失敗之作。後來我又在昭和二十一年五月號的《曉鐘》寫了〈雪國抄〉，昭和二十二年十月號的《小說新潮》寫了〈續雪國〉，總算是寫完了。距離創元社的舊版本正好已過了十年。

因為已過了十年，寫來當然有種種牽強之處。或許根本不該把它補完。但這是我多年來的懸念，好歹也算是完結了，因此如今決定加上終章出版。

二

以上是創元社版《雪國》（昭和二十三年十二月出版）的「後記」。關於《雪國》我算是說了很多，因此抄錄在此。以下稍做補充。

「在雪中繅絲，在雪中紡織，用雪水漂洗，在雪上晾曬……」這個縐麻的段落以下就是後來補寫的終章。這本全集收錄的也是加了終章的版本。到底是有終章好，還是沒有更好，自己並未深入思考，也不大清楚。

縐麻的敘述當然是參考鈴木牧之寫的《北越雪譜》。創元社發行舊版的《雪國》後，我才看到那本書。如果之前就看過，或許會把《北越雪譜》書中的風俗及景物寫入《雪國》。

《雪國》的故事地點是越後的湯澤溫泉。我寫小說向來很少用地名。因為我認為地名會束縛作者及讀者的自由。而且如果指明地點，就必須正確描寫當地。寫某個地方，很少能夠讓當地居民看了之後深有同感，也很難做到這點。以一個旅行者的眼光描寫當地或許近似不可能。我在旅途中，就算看了描寫當地的小說或遊記，多半也很失望，謬誤也意外的多。那些描寫通常只讓人感到流於表面。

關於人物的原型，這點想必更不用說。不妨假想自己被當作模特兒時是怎樣就知道了。就像的駒子，我也是刻意把她寫得和真實人物有很多地方不同。臉型也不一樣。去看模特兒的人會覺得意外是理所當然。

「島村當然不是我。……與其說我是島村，應該說我是駒子才對。寫作時我一直刻意把自己和島村分開。」我在創元社版的「後記」這麼說過，那當然沒錯，但我其實也不敢完全斷言。對於身為作者的我而言，島村是令我耿耿於懷的人物。我很想說我並沒有描寫島村，但那也很可疑。

我寫了駒子的愛，但我有寫島村的愛嗎？或許島村只是將愛無能的悲傷與悔恨沉在心底，那樣的空虛，反而將作品中的駒子惆悵地凸顯出來。

與其說是以島村為中心將駒子和葉子放在兩旁，或許也可說是以駒子為中心將島村和葉子放兩旁。對於兩旁的島村和葉子，我用了不同的寫法，但是都沒有明確寫出來。時隱時現的葉子在創元社舊版後，我本來打算增加篇幅，追溯她與駒子的過往，但最後還是省略了。在她昏迷火場，駒子說這孩子瘋了的地方就結束。因此於我而言，在這篇作品結束後，彷彿已浮現島村再也不去雪國，駒子帶著瘋掉的葉子活下去的情景。

寫《雪國》之前我曾數度去水上溫泉寫稿。也去過水上的前一站上牧溫泉。當時深田久彌和小林秀雄經常去谷川溫泉。

記得在水上或上牧時，我曾在旅館的人建議下，去了清水隧道那一頭的越後湯澤。當地遠比水上僻靜。後來我就常去湯澤。

如果搭乘上越線，湯澤等於是越後的入口，但在清水隧道開通前，就算翻過三國嶺，也可稱為越後內陸。直木三十五先生特別喜愛位於三國嶺山麓的法師溫泉，我和池谷信三郎也曾被直木先生帶去那裡。據說直木先生曾經從法師翻越三國嶺去湯澤，但我沒走過。

雪國

作　　者　川端康成
譯　　者　劉子倩
主　　編　郭峰吾

總 編 輯　李映慧
執 行 長　陳旭華（steve@bookrep.com.tw）

社　　長　郭重興
發 行 人　曾大福
出　　版　大牌出版 / 遠足文化事業股份有限公司
發　　行　遠足文化事業股份有限公司
地　　址　23141 新北市新店區民權路 108-2 號 9 樓
電　　話　+886- 2- 2218 1417
傳　　真　+886- 2- 8667 1851

印務協理　江域平
封面設計　許晉維
排　　版　藍天圖物宣字社
印　　製　成陽印刷股份有限公司
法律顧問　華洋法律事務所　蘇文生律師

定　　價　380 元
初　　版　2023 年 1 月

電子書 E-ISBN
978-626-7191-49-1（EPUB）
978-626-7191-48-4（PDF）

國家圖書館出版品預行編目（CIP）資料

雪國 / 川端康成 著 ; 劉子倩 譯 . -- 初版 . -- 新北市 : 大牌出版 ,
遠足文化發行 , 2023.1
208 面 ; 13.6×19.2 公分
譯自 : 雪国
ISBN 978-626-7191-47-7（精裝）

861.57　　　　111019058